10
Stefania
Ne parlia

DUE

*Romanzi di Stefania Bertola
pubblicati in questa collana:*

Aspirapolvere di stelle
Biscotti e sospetti
Ne parliamo a cena

STEFANIA BERTOLA
NE PARLIAMO A CENA

Romanzo

TEA

Visita *www.InfiniteStorie.it*
il grande portale del romanzo

TEA - Tascabili degli Editori Associati S.p.A., Milano
www.tealibri.it

Copyright © 1999 Adriano Salani Editore s.p.a., Milano
Edizione su licenza della Adriano Salani Editore

Prima edizione TEADUE novembre 2002
Settima edizione TEADUE marzo 2008

A me il rotolo della zia Margherita non è mai riuscito. Bisognerebbe stendere uno strato sottile di un materiale affine al pan di spagna, e rotolarci dentro la panna montata. Il risultato ha l'aspetto di una grossa Girella e il sapore del Paradiso.

Quando provo a farlo io, viene fuori un agglomerato di briciole e panna. Mia cugina Veronica, invece, lo esegue alla perfezione. La stessa zia Margherita ammette che il rotolo di Veronica potrebbe servire da modello alle giovani generazioni. La cosa sotto sotto la scoccia, perché Veronica non è sua figlia: è sua nipote, come me. La figlia della zia Margherita è mia cugina Irene, che a quanto mi risulta non ha mai nemmeno tentato di preparare il famoso rotolo. Quando gliene serve uno, lo chiede a mamma.

Sofia è in grado di farlo, e in passato ha ottenuto risultati eccellenti, ma di recente di cucinare non se ne parla, e i dolci si limita a consumarli in eccesso. E così restiamo io e Bibi. Di me ho detto. In quanto a Bibi, al rotolo della zia Margherita non si avvicina neanche, per timore che qualche caloria volante le salti addosso, figuriamoci prepararlo. Ma stasera dovrà perlomeno guardarlo, perché anche lei sarà qui, insieme alle altre tre, per la Cena delle Cugine. La Cena delle Cugine è una ricorrenza periodica, a cadenza variabile, che si svolge a turno in casa di tutte tranne Veronica.

Perché Veronica ha qualcosa che la distingue da noi

quattro, un suo tratto caratteristico che la rende unica nel panorama delle cugine: è sposata, e suo marito non l'ha ancora piantata. E personalmente dubito che la pianterà mai. La costante presenza di questo marito ci impedisce di radunarci a casa loro. La Cena delle Cugine, infatti, prevede esclusivamente la presenza delle cugine. Niente mariti, e fin lì è facile perché come s'è visto ne abbiamo uno in cinque, e niente figli. Qui diventa più difficile. Complessivamente, di figli ne abbiamo otto. Non dovrei dire 'abbiamo', perché il mio contributo è zero, ma parlando a nome della categoria, sì, ne abbiamo otto. Va detto, però, che la sola Veronica ne conta quattro, che i due di Bibi vivono, o almeno ci auguriamo che vivano, a Vancouver, che la figlia di Sofia ha diciotto anni, e che Irene suo figlio lo fa viaggiare come un'onda magnetica tra casa sua e quella di sua madre, alias zia Margherita. Abitano sullo stesso pianerottolo, e il bambino rotola da una porta all'altra come un terzino di spinta. Stasera è rotolato in direzione nonna, e tutte quante vengono da me.

MENU: risotto ai carciofi, pollo piccante, insalata e rotolo della zia Margherita. Io preparo risotto e insalata, Sofia, Bibi e Irene procurano pollo e vino, e Veronica, è evidente, provvede al rotolo. Stasera è di scena Sofia. La procedura della Cena delle Cugine è semplice: ci si aggiorna rapidamente sugli affari delle cugine in generale, e poi si passa a esaminare con accanimento dialettico una particolare cugina. Il mese scorso, a casa di Bibi, toccava a me, e quindi è stata una serata allegra, perché sinceramente non sanno più cosa dirmi, e io le capisco, ma non posso farci niente, e comunque il tempo mi darà ragione.

Ma con Sofia è diverso: è una piantata recente, e siamo ancora in piena fase abbrutimento.

ORE 21.30. CASA MIA

«Comunque l'avvocato ha detto che se la casa è intestata a lui, non c'è niente da fare, è sua». Questa è appunto Sofia, alle prese con un piccolo problema: suo marito non soltanto l'ha piantata per mettersi con una collega d'ufficio, ma pretenderebbe anche di toglierle la casa. Un uomo veramente pulp.

«Complimenti. Una mente legale di primissimo ordine. Passami il parmigiano». Sto mantecando il risotto. Le cugine sono schierate nel mio living con angolo cottura, e sembrano inclini a favorire l'angolo cottura rispetto al living. Stanno tutte in piedi, assiepate in pochi centimetri quadrati, mentre alle loro spalle si stende una vasta distesa di divani. Cerco di spingerle via.

«Andate a sedervi a tavola, arrivo».

Niente. Restano lì. In famiglia siamo così: tendiamo all'assembramento, e ci allontaniamo dalle cucine con estrema riluttanza. È un fatto genetico. Perfino Bibi, che ignora l'uso di qualunque attrezzo culinario tranne l'apriscatole e il telefono per chiamare Pizza Day, a casa sua vive in cucina, e per la precisione in cucina fa i suoi esercizi di Ginnastica Interiore. Finalmente, eccoci tutte quante attorno al tavolo. Veronica, alta e bionda, gonna a pieghe, twin set, perle, calze blu e mocassini. Bibi è in tuta. Da circa un anno non indossa altro. Si è presentata in tuta perfino al funerale della zia Susanna, inducendo, credo, la povera signora a una seconda e più dolorosa morte. Irene indossa come sempre qualcosa di caro e chic. Sofia non si può nemmeno dire che sia vestita. È coperta da indumenti sformati, unica decorazione i capelli grigi, che sempre più abbondanti si mischiano a quelli neri. A ogni Cena, ne avrà cinquanta in più. Irene se ne accorge.

«Quand'è che ti decidi a tingerti?»
«Ma cosa vuoi che mi tinga... guardami!»
«Allora, cambia almeno avvocato».

E qui le tre separate o separande, Sofia, Bibi e Irene, iniziano una gustosa aneddotica sugli avvocati che ci accompagna senza sforzo fino all'insalata. Io più che altro ascolto: non sono separata perché non mi sono mai sposata, e non mi sono mai sposata perché da sedici anni sono l'amante di un uomo sposato che da un momento all'altro, ormai è questione di settimane, lascerà sua moglie per me. E stanotte, forse, tardi, molto tardi, quando anche l'ultima cugina sarà volata al suo nido, Alex verrà a trovarmi. Per questo, sotto il camicione indiano di felpatino a righe indosso biancheria di cotone a paperette. Ad Alex piace lo stile ragazzina. Se lo vedo di malumore, mi toccherà farmi pure i codini, ma speriamo di no.

Va detto che la mia condizione di amante di un uomo sposato ultimamente mi crea qualche problema con Sofia. Dice che mi guarda e vede in me l'emblema dell'ALTRA, quella che le ha fregato Amedeo.

Io ho la difesa facile: ma come, le dico, proprio io, che da sedici anni sto salvando il matrimonio di Alex? Sai quante volte l'avrebbe lasciata, quella coniglia piagnucolosa di sua moglie, se non ci fossi io? Se invece di me avesse trovato una donna bella, in gamba, irresistibile e definitiva, sua moglie sarebbe archiviata da almeno tredici o quattordici anni. Se Amedeo avesse incontrato una come me, lei ce l'avrebbe ancora in casa a giocare con l'autopista.

«E non si è ancora preso quella maledetta autopista» sta dicendo Sofia, per l'appunto. Una intera stanza di casa sua, che purtroppo sua non è, è occupata dall'autopista di Amedeo.

«Sfasciala ad accettate» propone Irene.

«E non ti basta entrare in quella stanza e vedere l'autopista per accendere un cero di ringraziamento sulla tomba della Madonna?»

Veronica rabbrividisce. Colpa mia. Mi scordo sempre quant'è cattolica. Se pensate che ha solo trentasei anni e non è stata allevata dalle suore, non vi pare possibile che sia così tanto cattolica. Eppure. Uno dei suoi numeri più grandiosi consiste nel portare i quattro figli a Messa. Gliel'ho visto fare più di una volta, perché in famiglia ogni momento qualcuno nasce, muore o si sposa, e dunque le riunioni in chiesa sono frequenti. All'inizio il figlio era uno, poi due, tre, e voilà, al già citato funerale della prozia Susanna c'erano tutti e quattro, dagli undici ai tre anni, maschi e femmine che durante la funzione hanno corso, pianto, urlato, rubato medagliette, mangiato candele, offerto un orsino di pelouche al celebrante che l'ha rifiutato con sobrietà. E in mezzo a tutto questo, Veronica ha mantenuto la serena compostezza di una Madonna di Raffaello. Quello che si arrabattava in mezzo ai bambini era Eugenio, suo marito. Un uomo che noi cugine non siamo mai riuscite a capire. Belloccio, cardiochirurgo, cattolico anche lui; non abbiamo ancora scoperto dov'è quella chiavetta che, opportunamente girata, lo mette in moto. Eppure deve averla. Veronica non può limitarsi a spolverarlo, quando sono a casa soli, la sera.

Esaurito il tema 'avvocati', Sofia passa a lamentarsi di sua figlia Rebecca, una dimostrazione lampante di quant'è misteriosa l'ereditarietà. Sofia è bassa, bruna e carina. Amedeo è medio, bruno e insignificante. Rebecca è alta, bionda e norvegese. Sembra norvegese, cioè. Tipo Fata dei Fiordi. Si chiama Rebecca perché *La prima moglie* di Daphne Du Maurier è il secondo libro preferito di sua madre, dopo *La ricerca del tempo perduto* di Proust, ma Sofia non se l'è sentita di chiamarla Albertina.

«Rebecca vuole andare a New York» annuncia, cupamente.

«Quando?»

«Nelle vacanze. Però dice che magari non torna. Che si ferma a fare la cameriera. Dice che l'università non le interessa».

«E le 150 Ore? Molla pure quelle?»

Le 150 Ore sono il gruppo in cui Rebecca suona il basso.

«Sì. Dice che non hanno sbocchi professionali».

«Chi è lui?» chiediamo praticamente tutte in coro.

«Un suo compagno, Peter. I suoi hanno finito di lavorare in Italia, e tornano a New York».

«Avevi solo da non mandarla alla scuola americana».

«Se la mandavi in un liceo statale, per le vacanze vorrebbe andare in Marocco con Youssuf Alì».

E questa è Irene, una vera snob. Ma non ci si può arrabbiare con lei. È così bellina. Piccolina, capelli ricci, aria da elfo. Solo mezz'ora dopo che è andata via ti rendi conto di quanto avresti voluto picchiarla con il batticarne.

«Non divagare, Sofia. L'argomento della serata non è Rebecca. Sei tu. Le ragazze qui vorrebbero sapere se ci sono novità nella tua vita sentimentale».

Io le so già, le novità. Infatti ho un punto di osservazione privilegiato sulla vita sentimentale di Sofia: la vedo tutti i giorni almeno per cinque ore, esclusa la domenica, compreso il sabato, escluso il lunedì mattina. Lei, io e la nostra amica Carolina gestiamo insieme un negozio, Carta e Cuci, il paradiso della donna che non ha tempo ma il poco che ha adora perderlo.

Sofia si serve abbondantemente di pollo piccante e scantona: «Nella mia vita sentimentale non ci sono novità. E non ne voglio. Voglio solo raggomitolarmi su me stessa inerte come un fuco».

Conosco le mie cugine. So che qualcuna di loro, Irene e forse Veronica, sanno che cos'è un fuco. Ma sicuramente tutte e tre, almeno per un attimo, hanno pensato di chiedere a Sofia di raggomitolarsi subito, per vedere come fa. L'ho pensato anch'io. Ma esattamente in quel momento, a grandi maiuscole minacciose, squilla il mio telefono...

DRIIN.

Corro a rispondere in camera da letto. E chiudo la porta. Le conosco.

«Pronto».

«Costy?»

Non mi piace essere chiamata Costy. In famiglia abbiamo questa passione per i nomi letterari, e mia madre considera *I tre moschettieri* il più bel libro che sia mai stato scritto, da cui Costanza. Me la sono sempre un po' presa perché mi ha chiamata come un personaggio che muore a ventisei anni, ma lei ha giustamente sempre obiettato che non poteva mica chiamarmi Milady, e comunque anche Milady muore a ventisei anni.

«Ciao, Alex».

«Ciao, stella splendente che brilli lassù. Sono qui sotto... faccio un salto lì?»

Panico. Orribile panico strisciante che mi ghiaccia il cuore.

«Adesso? Lo sai che ho la Cena delle Cugine...»

«Ma sono ancora lì? Quanto mangiate?»

«Siamo al dolce. Avevi detto che passavi tardissimo. Sono le 10 e 40 sì e no».

«Lo so... ma ho dei problemi... posso passare dieci minuti adesso oppure niente».

Lo so troppo bene, cosa significa «dieci minuti adesso». Significa sesso velocissimo, rivestimento fulmineo, bacio di striscio e due settimane senza vederlo. Io avevo in mente tre o quattro ore incandescenti, al termine delle quali avrebbe forse capito che non può più vivere se non con me.

«Costy? Sei lì?»

«Sì... ma non dovevi essere solo, stanotte? Non è andata a Milano coi bambini?»

«No».

«Ci è andata senza bambini? Devi tornare da loro?»

«Non ci è andata. Salgo o no?»

Io per Alex ho fatto troppo di tutto, meno che interrompere villanamente la Cena delle Cugine.

«Non posso buttarle fuori, Alex, mi spiace».

«Grazie... sono quindici giorni che non stiamo insieme come si deve e tu mi cacci per quelle galline?»

«E per te dieci minuti di corsa sarebbero stare insieme come si deve?»

«Si può fare molto, in dieci minuti».

«Non posso. Davvero. Ci vediamo domani?»

«Ah, non so. Non credo, però».

«Allora ciao...»

Desolata.

«Ciao».

Freddo.

Ecco fatto. Torno di là.

«Bene, care. Mi sono appena persa una visita di Alex».

Reazione unanime. Alzano le braccia ed esplodono in grida entusiastiche e applausi.

«Quando Alex e io ci sposeremo, faticherete parecchio per ottenere un invito a cena a casa nostra» le informo.

ORE 00.30. CASA MIA

Abbiamo bevuto anche il caffè, e siamo lì, tutte un po' sfatte. Io continuo a pensare che mi sono persa una visita di Alex. Mi chiedo se adesso è a casa, o è andato a trovare un'altra. E in questo caso, chi? Quale delle tre o quattro sgualdrinelle che gli stanno dietro? Intanto, Sofia ci sta esponendo la sua teoria della colazione: secondo lei, il succo e il significato del matrimonio stanno nel fare colazione insieme la domenica. È circondata da un muro di incomprensione. Nessuna di noi tranne Irene ha mai fatto colazione insieme la domenica, e Irene non la ricorda come un'esperienza piacevole.

«Sai che estasi mistica. Marco leggeva il giornale grugnendo».

Il nostro interesse è risvegliato. Come, Marco grugniva?

Veronica dice che la domenica, come ogni altro giorno, lei fa colazione all'alba con Betta, la più mattiniera dei suoi figli. Adesso però per lei è tardi. La salutiamo, la guardiamo allontanarsi, luminoso faro della normalità, e restiamo noi quattro, le disastrate.

Come sempre, appena se ne va Veronica, entriamo nel vivo.

«Allora? Come va a sesso, ragazze?»

«Sesso? Una parola che dovrei conoscere, ma...»

Irene da anni esaurisce tutta se stessa nella lotta per la separazione, e non le resta energia per cercarsi un nuovo fidanzato. Odiare Marco, telefonare agli avvocati, lamentarsi con sua madre, farlo spiare da suo fratello e ordire complicate vendette sono attività che le riempiono le giornate. Nei ritagli di tempo, alleva suo figlio e disegna gioielli per una ditta che ha invaso il mercato con orsacchiottini d'oro a prezzi popolari.

«E tu, Sofia?»

«Non diciamo idiozie. Non lo facevo con Amedeo, figuriamoci senza».

«Sofia, finché non la smetterai di star dietro a quel gay, non otterrai molto in questo campo».

«Alfredo non è gay!»

Alfredo è gay. È un baritono, oltretutto. Infatti nello sfacelo che ha travolto il mondo di Sofia, solo una cosa si è salvata: il coro. Ogni mercoledì, imbacuccata nei suoi capi senza senso, Sofia va a cantare salmi, o messe, od oratori, chissà, insieme a un'altra trentina di belle voci. Una delle più belle appartiene ad Alfredo. E da anni, stancamente, Sofia afferma di essere innamorata di lui. Un amore che vincerebbe le Olimpiadi del Platonico con largo margine sugli avversari. Infatti Alfredo è appunto gay. Proprio per questo, dà una leggerissima corda a Sofia. Vanno al cinema. Al ristorante. In qualsiasi posto dove ci siano sempre almeno altre cinquanta persone. Tutte noi cugine abbiamo conosciuto Alfredo, e tutte noi cugine siamo certe che sia gay.

«Dai, su... è gayissimo!»

«Ma smettetela! Purtroppo gli piacciono giovani, però. Come a tutti».

«Giovani e maschi».

«Siete delle cretine. Solo perché è un uomo sensibile...»

«Ma dai!» esplode Bibi. «Cammina come se avesse dodici centimetri di tacchi!»

«E tu come vai a sesso?» ritorce Sofia.

«Alla grande. Walter non smetterebbe mai. Purtroppo io sono frigida. Ma questo è un altro discorso».

Walter, il fidanzato di Bibi, lavora nei giocattoli. È uno di quelli che trovano i nomi alle cose, tipo 'Miniville luminose' di Polly Pocket. Potevano chiamarle in molti altri modi, ad esempio 'Casette luccicanti', e invece no, 'Miniville luminose' perché così ha deciso Walter. Un bellissimo lavoro. Walter, invece, è brutto.

«E tu, Costanza? Sei frigida anche tu?»

«Chi può dirlo? Faccio sesso talmente di rado, che mi manca un riscontro obiettivo».

«E smettila di perdere tempo con quel criminale!»

Sofia odia Alex così intensamente che un paio di volte l'ho vista vicina a chiedere il porto d'armi per ammazzarlo. È una delle pochissime donne che conosco che non subisce per niente il suo fascino. Con lei, tutti quegli occhi verdi, e la bella bocca cattiva, e i riccioli biondo ramati, e la faccia da angelo guerriero, niente, tutto sprecato.

«Lo sapete anche voi che non posso. È come se uno mi dovesse dei soldi. Tipo cento milioni. Non potrei far altro che continuare a prestargliene, sperando che prima o poi si rimetta in sesto e mi paghi. Se lascio Alex adesso, ho buttato sedici anni della mia vita».

Sedici anni. Per un attimo, ci guardiamo spaventate. Sedici anni sono un casino di tempo.

Alt. Ci vuole una bottiglia di limoncello, fredda e piena. E io ce l'ho. Ce l'ho! Una soave bottiglia di limoncello profumato costruito a mano dal padre della mia socia Carolina. Ne verso un ampio bicchierino a tutte ed è qui, in questo momento sospeso sul precipizio del discorso serio, che Sofia ci informa.

«Non sarebbero fatti vostri, ma visto che siamo tutte qui, vi informo che dalla settimana scorsa vado da una psicologa».

La notizia fa decisamente sensazione. La nostra famiglia, infatti, è parecchio al di sotto della media per quanto riguarda la frequentazione di psicologi e analisti. Noi abbiamo le zie.

Squadriamo Sofia a occhi sgranati. Psicologa? Paga qualcuno per raccontarle quello che a noi dice gratis da trent'anni?

«Mi serve. Mi serve tantissimo. Perché lei non mi dice niente. Con voi, come apro bocca, la sapete subito più lunga. Siete tanto furbe, avete sempre il consiglio giusto, la soluzione pronta, però chissà perché quello che va bene a voi a me non serve a un tubo. In più, mi sembra che neanche voi ve la passiate poi così bene, e allora tutta questa furbizia a cosa vi serve? Invece di lei non so niente, mi posso immaginare che a lei nella vita tutto fila alla perfezione, e così mi fido. E poi sta zitta. Lascia parlare me. Mi fa mettere su due sedie».

Sarà l'effetto del limoncello? Sofia non ha mai retto bene l'alcol. Su due sedie?

«Sì... sai quelle cose che tu devi fare te stessa e un'altra persona... tu parli e ti rispondi, passando da una sedia all'altra».

A me sembra più un numero da cabaret che una terapia, ma non dico niente. Mi spiace un po' per lei. Per ridursi a mettere piede da una psicologa, dev'essere veramente al lumicino. E ci si può ridurre al lumicino per aver perso Amedeo? Per di più, a un tale lumicino da inghiottirsi tutto dentro e non avermi detto

niente di questa faccenda della psicologa anche se ci vediamo tutti i giorni dalle alle, escluso il, compreso l'eccetera? Ho da riflettere.
Bibi, invece, non si tiene.
«Con gli stessi soldi, ti conveniva iscriverti a una palestra».
«Ecco. Vedi? Avete sempre qualcosa da dire».
In effetti. Seguono venti minuti in cui cerchiamo di convincere Sofia a sbarazzarsi della psicologa. Così, per esercizio dialettico. In fondo, che ci importa? Se a lei fa piacere, perché accanirsi? Eppure, la cosa non ci va proprio giù. Continuiamo a bere limoncello, e affiorano altri segretucci.
«Sapete... sabato ho rivisto Andrea» butta lì Irene, leggermente offuscata.
Altro choc collettivo.
«Ma chi? Il tuo antico amore?»
«Già, lui. È tornato dall'Ungheria».
«Come mai? A Budapest non c'erano più gatti malati?»
«Si è separato».
Uau. Andrea Maffei, l'unico uomo che Irene abbia mai amato di vera passione umana, acquisendo, per un breve periodo della sua vita, la terza dimensione. Andrea, seducente veterinario che l'ha lasciata per sposare un ingegnere ungherese. Femmina. Un ingegnere femmina ungherese. Attirato dalle orde di animalini con salute cagionevole presenti a Budapest, si era trasferito lì, evitando così di restare in giro a spezzare il cuore di Irene. La nostra città è piccola, anche se non sembra.
«E?»
«E? cosa?»
«E. Hai rivisto Andrea e...»

«Niente. L'ho incontrato da Dezzuto. Sono andata a prendere un aperitivo con la mia avvocatessa ed entra lui, con una specie di top model... sempre il solito stronzo. Ci siamo salutati, sai, con tutto quel vomitevole entusiasmo degli ex, e mi ha detto che si è separato ed è tornato qui. Niente figli».

«Probabilmente lei era un operato e lui se n'è accorto troppo tardi».

«Credo anch'io. Ecco. Ciao ciao, sono tornata al mio Campari».

«Ah. Ed è scattata l'antica fiamma?»

«No. Però sono svenuta».

ORE 1.35. CASA MIA

C'è un momento in cui ti accorgi di non essere più una ragazza. La mezza età, di lontano, comincia a sbracciarsi: «Eccomi! Arrivo!» È quando, dopo una cena o una serata con gli amici a casa tua, riordini prima di andare a letto. La ragazza si lascia beatamente alle spalle castelli rococò di piatti e pentolini ammontellati, distese infinite di bucce d'arancia e gusci di noce. La zitellina, invece, pensa: no, domattina non voglio svegliarmi in mezzo a questo caos, e riordina almeno il più grosso.

E infatti eccomi qui, che accatasto stoviglie nel lavandino, quando sento l'esplosione del citofono.

A QUEST'ORA! E CHI È?

Questi citofoni che trapassano il cuore della notte sono una delle peggiori iatture per le amanti. Le visite che ti sconvolgono i ritmi naturali della vita. E per me, lasciata proprio a me stessa pura e semplice, il ritmo naturale è dormire alle dieci e un quarto di sera.

A QUEST'ORA!

CHI È?

«Sono io. Apri».

Piuttosto che aprire, mi taglierei le mani, così, flop flop, tutte e due per terra. E invece apro. Perché è Alex. Un pochino ubriaco.

Entra, e come sempre mi toglie il fiato. Quando l'ho conosciuto aveva ventisette anni, e a incontrarlo per strada ti mandava a sbattere contro i pali. Adesso ha quarantatré anni, e la sua smodata bellezza comincia a farti male al cuore, tanto si è affinata per adattarsi al passare del tempo. Uomo bellissimo, ti amo. Ma perché puzzi?

«Contenta? Sono venuto lo stesso...»

«Da dove?»

«Lexostar».

Il Lexostar è il locale giusto da un paio di mesi. Io ci sono stata una volta, durante uno dei miei tentativi di fidanzarmi con altri uomini. Alex ci va quasi tutte le sere. Che lavoro fa, per poter reggere questi orari? Semplice. Il critico cinematografico.

«E come mai? Non avevi solo dieci minuti?»

«Oh Cristo, se sapevo che passavo al commissariato, lasciavo perdere. Dammi qualcosa da bere e un po' d'amore, dai... niente domande».

Niente domande. Niente da bere. Niente amore. Ci scambiamo soltanto un tentativo di sesso, nemmeno del tutto riuscito. Ma Alex domani non se ne ricorderà.

ORE 10.00. CARTA E CUCI

C'è movimento, stamattina. Entrano frotte di signore e signorine che vogliono ricamare, vogliono decoupare, stencillare, foderare i cassetti, bordare l'abat-jour. La creatività femminile fa la voce grossa. Fantastico. Purtroppo, le mie socie Carolina e Sofia oggi non sono presenti a se stesse. Sofia insiste con il suo look da donna delle pulizie, e risponde a monosillabi ingrugniti alle clienti.

Le clienti, da parte loro, non aiutano.

«Senta, ce le ha quelle letterine della DMC?»

«Quali letterine?»

«Quelle della DMC, da ricamare. Sa quelle iniziali col kit, era tutto in un pacchettino, la stoffa, i fili, la lettera... dei pacchettini rettangolari grossi più o meno così. Erano così carine... ne ho comprate due nell'87».

«Noi abbiamo aperto nel '93».

«Infatti non le ho comprate qui. Se le ricorda? Erano disegnate da quell'inglese... Mary Poppins...»

«Sicura?»

«Un nome così. Vorrei una A, se ce l'ha».

Sarà mica la fidanzata di Amedeo, penso in un soprassalto di sospetto. Nessuno di noi l'ha mai vista, la buongustaia che ha avuto il fegato di rimorchiarsi Amedeo ma non quello di sbarazzare Sofia anche dell'autopista. L'unica informazione precisa che abbiamo sul suo conto è che è PURA, perché Amedeo ne ha informato il circondario con lunghe e appassionate perorazioni. Sarà lei, questa biondina gnecca che vuole la A disegnata da Mary Poppins? Avrà escogitato questa sottile forma di tormento per la moglie del suo fidanzato?

«Carolina... di' un po'... quella sarà mica la fidanzata di Amedeo?»

«Non credo. È la moglie dell'avvocato Zancan».

«Sicura?»

«Come no. Viene alla mia palestra, e sbraita sempre: 'Sono la moglie dell'avvocato Zancan, sono la moglie dell'avvocato Zancan!'»

«E allora, se non è la fidanzata di Amedeo, perché rompe così?»

«Perché questo è un negozio per donne portate a rompere, ecco perché».

Non è da Carolina, tanta amarezza. Di solito è entusiasta di Carta e Cuci, e sprizza orgoglio proprietarico a man bassa.

In più, è tutta la mattina che, contrariamente al normale, è di poche parole. Anche adesso, invece di sommergermi con succosi aneddoti sulla signora Zancan, ammutolisce e va a riordinare una fila di agendine. La gestione di Carta e Cuci prevede che Sofia si occupi del reparto Lavori femminili, io della cartoleria, e Carolina di conti, ordini, fatture, cassa, bolle, ricevute, eccetera. Sembrerebbe che a lei tocchi la parte peggiore, ma non è così. Carolina è un grande matematico napoletano come quello là che è morto nel film di Martone, coso, Caccioppoli, e sbroglia la parte commerciale con la grazia della Fracci che fa un plié. Tanto poco, ci mette, che le avanza anche il tempo di aiutare noi due, sempre chiacchierando con una remota traccia di profumo nell'accento. I suoi si sono trasferiti qui da Napoli quando lei aveva tre anni, e a casa sua vanno ancora fortissimo il gattò di patate e i friarielli.

Oggi, però, Carolina è strana.

«Uei. Che ti succede?»

«Perché?»

«Non sei normale. Sei silenziosa e introversa».

«Una mica può sempre fare casino».

«Lo vedi? Non sei normale. Forza, su, che ti succede?»

Ma entra una ex amante di Alex, e Carolina è salva. Nel senso che deve servirla lei per forza. Io non servo mai le ex amanti di Alex. Lo farei senza charme. Le taglierei con le forbici, le macchierei con gli inchiostri, le assorbirei con le carte assorbenti... Così evito. E sono tante, eh? In questi sedici anni, non è che siamo stati lì con le mani in mano. Ci siamo guardati parecchio in giro. Lui, sempre, da sempre. Credo che giusto i primi sei mesi fosse così imbambolito da non guardare le altre. Poi ha ricominciato a cedere. Sì, perché lui non cerca, lui accetta. E neanche sempre. Diciamo che su dieci che gli muoiono dietro, ne tira su quattro. Storielle veloci, tranne un paio di casi in cui ho rischiato di essere spodestata. E una è proprio questa che è entrata adesso. Una ragazza brutta e goffa con gli occhiali. Pensa un po'.

Io invece per i primi quattro anni non ho visto che lui. O meglio, vedevo lui e quelle con cui mi tradiva, ma non potevo farci niente, perché ho una specie di coazione spontanea alla fedeltà, e per superarla ci ho messo un po'. Quando finalmente ce l'ho fatta, e ho cominciato anch'io a lasciarmi sedurre, ho sempre scelto solo uomini altrettanto sposati, per non avere casini. Con uno libero, c'era il rischio che volesse fare sul serio, e io magari avrei potuto finire col dirgli di sì. Un pomeriggio d'inverno, sogni di fare la spesa al supermercato per una vera famiglia, ed è la fine. Ti ritrovi sposata. E AVREI PERSO ALEX!

«Costanza... la signora vuole una rubrica da tavolo in carta di Varese. Ne abbiamo?»

La signora? Quale signora? Io vedo solo una serpentessa che nove anni fa per un pelo si sposava lei il mio amore, sì, perché ci è mancato veramente un niente che per lei lui lasciasse moglie e gli allora solo due figli. Se la bambina per fortuna non si fosse mezza fulminata infilando due dita nella presa della corrente, non so come sarebbe andata a finire.

«No. Non ne abbiamo. La carta di Varese è roba dozzinale».

Esco a prendermi un caffè.

ORE 13.30. BIRILLI

Ma nell'intervallo del pranzo, finalmente, becco Carolina. Sofia è andata a fare il *Muppet Show* dalla psicologa, e noi due ci mangiamo un panino nel dehors di Birilli. Siamo in aprile inoltrato, vola il polline, la bresaola è deliziosa e io non sono più a dieta.

«Allora, vuoi dirmi o no che cosa ti succede?»
«Niente».
«Non è che stai male o cose del genere? Medici, analisi, che ne so? Non mi fare angosciare».
«Sto benissimo».
«Sei incinta?»
«E di chi?»
«Che ne so... di quel violoncellista brasiliano...»

Carolina non è e non è mai stata sposata, e come me non ha figli, ma qui finiscono i punti di contatto. Io non sono sposata perché sto aspettando di sposare Alex. Appena lui sarà disponibile, filo ad acquistare il più bianco degli abiti con crinolina. Carolina, invece, non è sposata perché sposarsi non le piace, vivere con gli uomini non le piace, allevare bambini non le piace. Le piace fidanzarsi ardentemente per brevi periodi, guardare i suoi gatti, mandare avanti Carta e Cuci e cedere a violente passioni per attività manuali e pratiche. Ultimamente, decora mobiletti. In quanto al violoncellista brasiliano, è andata a un suo concerto e per due giorni non abbiamo più saputo niente di lei.

«Antonio... ma va'... quello è sposato, tiene tre figli. Ti pare che mi combinavo un guaio del genere? È ripartito senza lasciare strascichi, stai tranquilla».

«E allora? Sei strana, sei strana, inutile negarlo, c'hai qualcosa. Giochi? Hai perso tutto alla roulette?»

«Madonna, Costanza, che sfinimento! Se ti dico niente, è niente».

« I tuoi? Stanno bene? Tua madre? Tua sorella! È successo qualcosa a...»

«E smettila, che porti male... guarda, piuttosto che pensi queste iatture, te lo dico. Sono scocciata».

«Eh? Scocciata come?

«Scocciata di tutto. Che vita faccio, Costanza? Il negozio, i gatti... ho quarantun anni... tra un po' sarò vecchia, e finirò all'ospizio».

«Sei scema? Cosa ti prende? Sei sempre stata felicissima della tua vita. All'ospizio non eravamo d'accordo di andarci insieme?»

«Boh. Non so se voglio andare all'ospizio con te. Ho perso l'élan vital».

Caspita. L'élan vital. Non avevo mai sentito Carolina lanciarsi col francese.

«Guarda che mi preoccupi, sai? Forse devi piantarla con la decorazione dei mobili. Passa al patchwork. Fai una bella coperta».

«Ma che patchwork... ma che coperta... te lo dico io che cosa vorrei fare: un figlio».

Oh signore no. Perdo anche lei. L'unica altra donna priva di senso materno che io conosca. O almeno l'unica altra disposta ad ammettere pubblicamente che i bambini sono carini se stanno a casa loro e i neonati sbavano e puzzano.

«Carolina! Non dire così. Mi ferisci».

«Eppure. Vorrei un figlio, sì. Un bel bimbetto con i ricci tutti neri».

Ed è a questo punto che intuisco la verità: Carolina dev'essersi finalmente innamorata sul serio. Altrimenti, perché una donna bionda con gli occhi azzurri dovrebbe sognare un bel bimbetto con i ricci tutti neri?

«Va be', ho capito. Dimmi un po', chi è lui?»

Lei mi guarda pensierosa. Poi prende la sua decisione.

«Ti ho già parlato di Lorenzo?»

ORE 18.30. CARTA E CUCI

Dunque, pare che Lorenzo sia già venuto qui al negozio, e io non l'ho notato. Questo non promette niente di buono. Di solito i clienti maschi li notiamo. Sono pochi, e ancor meno quelli che vengono da soli, perciò vuol dire che questo Lorenzo ha il fascino magnetico di un portaombrelli. È un cuoco, anzi, precisiamo, uno chef. Per anni ha esercitato la sua arte in un rinomato ristorante italiano a Londra, e adesso è arrivato il momento di tornarsene a casa e aprirsi il suo locale in uno dei cortili frondosi nascosti nel centro della nostra città. Carolina l'ha conosciuto la settimana scorsa a una festa della sua amica Olivia.

«Come l'ho visto, mi sono sentita addosso quindici anni».

«Che schifo di sensazione. E lui?»

«E lui mi ha guardata, e poi abbiamo cominciato a parlare, e nient'altro».

«E poi? Quando vi siete rivisti?»

«È venuto in negozio mercoledì. Voleva vedere delle cartelline».

«Ma io dov'ero?»

«Eri lì, però stavi servendo la contessa Clarandi e non ci hai badato».

«Peccato. E com'è? È sposato?»

«Macché. Mai stato».

«Anni?»

«Una quarantina. Mica gli ho chiesto gli anni».

«Eh, però gli hai chiesto se era sposato».

«Figurati! Me l'ha detto Olivia. Dice che è stato per anni e anni l'amante di una inglese sposata. Una lady qualcosa, cliente del ristorante».

«Ah... ti sei precipitata a chiedere informazioni a Olivia... bella furbata».

«No... l'ho fatto astutamente... con noncuranza...»

«Sì... me lo immagino».

«Comunque, non ci voglio pensare più. Solo che prima mi ha telefonato. Dice che verso le sei e mezza passa in negozio a vedere delle cartelline».

«Ancora? E che ci mette?»

«I menu».

E così, eccomi qui, vigile come Mamma Volpe, in attesa di veder comparire da quella porta un uomo elegante, non eccessivamente alto, piuttosto esile e con gli occhi scurissimi.

DIN DON, la porta.

Alzo gli occhi, e vedo comparire un uomo elegante, molto alto, biondo e con gli occhi verdi. Alex.

Alex!

«Ciao. Senti, ti devo parlare con molta urgenza. Potresti uscire prima?»

È fatta. Ci siamo. Chissà perché, proprio oggi mercoledì 21 aprile Alex ha deciso di lasciare sua moglie e venire a vivere con me. Mi spiace per Lorenzo, ma devo andare.

«Ragazze. Emergenza. Esco prima».

Sofia mi fa gli occhi. Carolina annuisce comprensiva. A Carolina Alex piace. Dice che si vede che mi vuole bene sul serio, sennò in tutti questi anni mi avrebbe mollata. Dice che secondo lei sua moglie non la lascia, ma che se resta vedovo mi sposa di sicuro.

Esco, e siamo già in fondo alla piazza quando mi volto a guardare il negozio e vedo un essere scuro e svelto infilare la porta. Lorenzo?

Passeggiamo lungo il fiume. Niente bar, ha detto Alex. Guai se ci vedono insieme. Oh no... allora non vuole chiedermi in moglie...

«È successa una cosa parecchio spiacevole. Gloria ha trovato i boxer».

«Quelli ricamati?»

«Sì. Li avevo nascosti nella sacca da golf, sotto le mazze, in una specie di taschina... lei dice che voleva pulire la sacca... di solito non la tocca mai... lo sa che non sopporto che si pasticci con la mia roba del golf...»

Che farsa. In questi sedici anni, Gloria ha trovato un mio rossetto nel suo bagno, tre lettere d'amore, sempre mie, in un dizionario di cinese, un paio di slip (di un'altra) nel cesto della sua biancheria, un assortimento di foto, mie e altrui, nascoste nei posti più disparati, e poi bigliettini, regaletti, medagliette, fiori secchi, cuoricini, messaggi sotto il tergicristallo, messaggi in segreteria, tracce di rossetto, lunghi capelli di ogni possibile colore, un reggiseno, una scarpa rossa col tacco a stiletto, baci impressi col rossetto, e ognuna di queste decine di volte Alex ha spiegato, giurato, promesso e pianto, e Gloria ha urlato, pianto, sofferto e perdonato. Che ci sarà mai, di tanto sconvolgente, nei boxer ricamati? Li ho fatti io per Alex due mesi fa, sono dei normalissimi boxer di cotone bianco con una splendida A in tutti i toni del blu ricamata sulla patta. Un bel lavoro, fine.

«E allora? Che le hai detto?»

«Credevo di essermela cavata. Le ho detto che me li ha fatti un'allieva che si è innamorata, poverina, e che io non volevo ferirla perché è anoressica, così li ho presi e li ho cacciati nella sacca da golf e non ci ho pensato più».

Mi batte il cuore d'amore. Che uomo. Aver improvvisato così, in quel momento difficile, il particolare dell'anoressia... sì, Alex, tu sei il mio Visconte di Valmont, e un giorno ti avrò tutto per me. In quanto alla faccenda dell'allieva, Alex tiene un corso di Sguardo e Scrittura Critica alla famosa Scuola Holden.

«Splendido. E lei?»

«E lei questa volta non c'è stata, Costanza. Ha detto che non è più in grado di sopportare. Che non ce la fa più proprio fisicamente. Che non se ne va subito solo perché Morgana è troppo piccola, ma se non cambio completamente stile di vita lo farà. Prenderà i bambini e tornerà da suo padre. Parlava sul serio. Non mi aveva mai detto una cosa del genere».

«E che stile di vita dovresti assumere?»

«Uno in cui tu non sia compresa».

«Io? E che c'entro io? Di me non sa nulla».

Incredibile, ma è così. Ha scoperto di tutto in questi anni, povera Gloria, ma non che la vera, autentica, assoluta innamorata di suo marito sono io. Crede che io sia stata una fuggevole avventuretta dimenticata. E mi conosce. Viene in negozio. Ha simpatia per me. Non dico che siamo amiche, ma basterebbe un niente. Io, la odio.

«Di te non sa nulla, ma se non ci fossi tu, non avrebbe mai trovato quelle dannate mutande ricamate. Le altre sono sempre state solo un fatto di curiosità... un gioco...»

Bugiardo. Che il cielo ti strafulmini. Ma non adesso.

«... tu sei l'unica che veramente conta per me. Se smetto di vedere te, posso diventare un marito migliore. Al massimo, qualche scopatina così, stupida, senza peso... niente che debba farla soffrire».

«Ah, certo. Un matrimonio perfetto».

«L'unico matrimonio che posso tollerare. O così, o niente. E lei lo sa. Può sopportarlo. Ma tu, basta. Basta per me, Costanza. Basta con qualcosa che conta così tanto. D'ora in poi, voglio che l'unico sentimento veramente importante nella mia vita sia l'amore per i figli».

Ah già, i figli. Sono fidanzata con un uomo che ha chiamato i suoi figli Tancredi, Isotta e Morgana.

ORE 20.00. CASA MIA

È finita qui. Nel mio letto, abbracciati, stretti, fusi e confusi. È venuto al negozio per lasciarmi, ed eccolo qui che mi guarda incantato. È valsa veramente la pena di fare un'orribile dieta per un mese e tornare al mio peso forma. Sono di nuovo snella, sinuosa e coperta di poco pizzo bianco. È stato così facile. Quando mi ha detto, con gli occhi lucidi di opportuna commozione, che questa volta era proprio la fine e non voleva vedermi più, gli ho risposto che aveva perfettamente ragione e mi sono seduta sul muretto di fronte a lui. Per grazia divina e di tutti i santi, oggi avevo una gonnellina blu a pieghe e le autoreggenti a rete bianche. È stato veramente molto facile. Un quarto d'ora dopo, eravamo qui e mi stava spogliando.

«Allora, mi lasci sì o no?»

«Non lo so. Vedremo».

È la settima volta che ci prova. Non ci riuscirà mai.

Quando se ne va, sono veramente beata e felice. Ho avuto Alex, l'ho vinto ancora una volta, e stasera potrò godermi in santa pace la mia casa, una videocassetta, una pizza surgelata, il profumo del gelsomino sul mio terrazzo. Sto infilando nel videoregistratore *Il Fantasma e la signora Muir* di Mankiewicz quando suona il telefono.

«Ciao, sono Irene».

Eccola qui. È dalla sera della Cena che non la sento e non la vedo.

«Ho bisogno di un superfavore e ne ho bisogno immediatamente. Puoi venire qui? Devo uscire, e mia madre stasera ha pensato bene di andare a vedere non so quale cazzata a teatro».

E voilà l'atteggiamento di Irene nei confronti, A) di sua madre, B) delle arti in genere.

«Come sarebbe, *devo uscire*? Per andare dove?»

«Mi ha telefonato Andrea. Senti, sono nelle pestissime. Dimmi sì o no, che se non puoi tu chiamo Sofia».

«Arrivo».

Prendo la videocassetta e la pizza, e mi sposto di mezzo isolato. Irene e la zia Margherita abitano nel mio stesso quartiere, in una bella palazzina col giardino. Occupano i due appartamenti al secondo piano, e quando suono, a quello di destra, Irene mi apre in reggiseno e mutandine, con un asciugamano intorno alla testa.

«Non ce la farò mai a essere pronta per le nove e mezza... mi passa a prendere».

«Scusa un po', ma quando ti ha telefonato?»

«Alle otto».

«Per uscire stasera? Ti chiama alle otto per uscire stasera e tu gli dici di sì?»

«Probabilmente gli è andata buca con qualche strafiga, e piuttosto che passarsi la serata da solo si è ricordato di me».

«Sicuro che avresti ricominciato a scodinzolare esattamente come quindici anni fa».

«Infatti. E ci ha preso. Ricomincio a scodinzolare. Dopo dieci anni di matrimonio con Marco, scodinzolerei per chiunque, figurati lui».

«Dove andate?»

«A letto, spero».

«Allora via quei collant».

Li ho visti pronti accanto a un sofisticato vestito color prugna. Irene si sta asciugando i capelli.

«Lo so, lo so, ma non ho altro. Le ultime autoreggenti le ho comprate nell'87, prima di sposarmi».

«Lo immaginavo».

E dal mio sacchetto, oltre alla videocassetta e alla pizza, tiro fuori un paio di velatissime autoreggenti nere col bordo di pizzo, pagate carissime e mai messe, perché ad Alex piace il bianco. Virginale. Come s'è appena visto.

«Sei un genio!»

«A questo servono le cugine. Dammi istruzioni, va'... se si sveglia Oliviero?»

«Non si sveglia mai. Se proprio si sveglia, digli che sono andata a trovare una mia amica che non stava tanto bene, e chiamami sul cellulare che torno».

«E se sei nel bel mezzo di?»

«Tu chiamami».

«Okay. Altro?»

«Se mai dovesse chiamare Marco, non dirgli per nulla al mondo che sono fuori con Andrea. Digli che sono fuori e basta. Non sai altro. Con amici. Chi? Non lo sai. Quando torno? Boh».

«Perché, che ti fa se esci con Andrea?»

«Finché non abbiamo firmato davanti al giudice, nella mia vita non ci sono uomini. Sono pura come un angioletto».

«Come Annamaria».

«Annamaria?»

«La fidanzata di Amedeo. Sai che lui c'ha questa fissa che è pura...

«Sono pura come due Annamarie.

Ed ecco l'attesa citofonata. Osservate, vi prego, come Irene si precipita a rispondere, e come invece è miracolosamente freddo e distaccato il suo «Sceeendo». Un'artista. Ciao ciao.

Resto sola. Mi aggiro per casa sua. Mi viene la tentazione di riordinare ma mi trattengo: sempre più zitella, eh... Infilo *Il fantasma e la signora Muir* nel videoregistratore di Irene. Drin. Telefono. Ecco Marco. Già mi preparo una ingannevole cordialità.

«Pronto?»

«Irene?»

Non è Marco.

«No. Irene non è in casa. Chi parla?»

«Buonasera, sono Giacomo Colongo di Bernengo. Chi parla, per cortesia?»

«Sono Costanza, la cugina di Irene».

«Buonasera. A che ora rientra, Irene?»

«Non saprei».

Bella fredda. Chi sei, Colongo di Bernengo, e perché fai tutte queste domande?

«Può riferirle che ho chiamato?»

«Assolutamente sì».

«Grazie. Buonasera».

«Di nulla. Buonasera».

Colongo di Bernengo? Perché questo nome non mi è nuovo? Perché mi fa venire in mente dei grossi leoni di pietra? Mi rimetto a guardare il mio film, ripromettendomi un bell'interrogatorio a Miss Segreti, quando torna a casa.

Il che avviene decisamente troppo presto. Sento la chiave girare nella toppa a mezzanotte spaccata.

«Cenerentola? Sei tu?»

«Spiritosa. Che serata di merda».

«Ah sì? Niente letto?»

«Neanche di striscio. Mi ha portata al Campo dei Miracoli, un postaccio per ragazzini, e ci abbiamo incontrato Marco».

«Misery. Marco? Al Campo?»

«Con una che avrà avuto diciassette anni. Un gelo che non ti dico. Non so se ero più imbarazzata io o lui».

«Spero lui. Tu eri fuori con un distinto veterinario della tua età».

«Mi ha parlato tutta la sera di Ilonka».

«Uau».

Ma, a quanto pare, abbiamo un raggio di speranza.

Salutandola, l'ha baciata un po', e ha trovato modo di scoprire l'esistenza delle autoreggenti. Almeno non sono andate sprecate.

«E chi sarebbe, cara la mia acqua cheta, un certo Giacomo Colongo di Bernengo che a momenti sveniva quando gli ho detto che non c'eri?»

«Ah, Giacomino... ma non te lo ricordi? A Quaregna...»

A Quaregna. Dove andavamo in campagna da piccole, a casa dei nonni. La signora Colongo, ma certo... un'amica della nonna, che passava l'estate in una villa vicina. Una villa con grandi leoni di pietra al cancello. Molti nipoti anche lei, tra cui un bambino grasso. Giacomo.

«Ma dai... mica mi ha riconosciuta, quando gli ho detto 'sono Costanza'».

«Scherzi. Avrà al massimo otto byte di memoria. È stupido da non potercisi raccapezzare. Però fisicamente si è molto ben sistemato».

«E ti sta dietro?»

«Un po'. Finora ci siamo visti solo la domenica mattina, con le mamme, in pasticceria. Però... boh».

Sì, io la conosco Irene. Quella se si riprende l'Andreite è persa. Bisogna fare qualcosa.

ORE 21.30. VELODROMO

È strano, è abbastanza strano ritrovarsi in fuseaux e maglietta a ballare *I Will Survive* di Gloria Gaynor in un velodromo, insieme ad altre quarantanove persone. Strano, ma evidentemente non impossibile. Accanto a me, Carolina agita la sua figuretta lievemente sovrappeso, mentre Bibi ha trovato trionfalmente posto in prima fila, ma lei è quasi una professionista. Sofia è presente, ma non balla. Chi è presente, balla, e per la precisione è la causa di tutto questo è Rebecca. La nostra amata bassista delle 150 Ore nelle ultime due settimane ha svoltato la vita. Niente più Peter, il newyorchese, e niente più musica. Infatti si è 'atrocemente' (parola sua) innamorata di un giovane attore, e lo ha seguito a scuola di recitazione. Come conseguenza, apre e chiude le vocali che è una bellezza, e ci ha reclutate per questo balletto. Lui si chiama Tommaso, ha ventiquattro anni, studia legge per compiacere un padre severo, e si adopera alacremente per entrare nel mondo del teatro. Rebecca dice che è bravissimo: lei finora gli ha visto fare solo lo Steccato in una versione animista di *Pierino e il lupo*, ma pare che non esistano piccole parti, soltanto piccoli attori, e Tommaso piccolo non è. In effetti è un bel ragazzone, genere Kurt Russel, e sta sbracciandosi poco più in là. Perché? Perché stiamo ballando *I Will Survive* tutti insieme? Perché Ugo Torment, uno degli insegnanti di Tommaso, ha intenzione di girare un video intitolato *Cinquanta in un velodromo: a study*. E siccome gli allievi della scuola di recitazione sono solo ventitré, bisognava trovare volontari. Ed eccoci qui, reclutate da Rebecca insieme a una decina di amici. Sofia rifiuta di ballare, ma dà una mano con i costumi. Già, perché adesso stiamo solo provando, quando gireremo avremo dei costumi. Pare composti da piume.

Pausa. Meno male. Stavo per schiantarmi in terra. Era un vero e autentico casino di tempo che non ballavo più. Mentre mi piego ansimante sul mio thermos di tè freddo, arriva Bibi, ancora a passo di danza. Lei sì che è in forma, evidentemente tutta questa ginnastica interiore che fa ha qualche effetto anche sull'esterno. L'hanno messa in prima fila, e il pubblico occasionale che si assiepa ai cancelli del velodromo la acclama... in effetti, tra noi cugine è la meglio dotata di tette e culi. Bibi apre lo zainetto e ne estrae un coltellino multilame, un'arancia, una minibottiglietta di vodka e due bicchieri di carta.

«Un Fuzzy Navel senza pesca?» mi chiede.

«No no. Casomai assaggio il tuo».

Taglia in due l'arancia, la spreme nel bicchiere di carta. Ci rovescia sopra la vodka. Tappa il bicchierino con la mano, lo sbatacchia un po' e me lo porge. Bevo un sorso.

«Forte».

«Non ho ghiaccio» si acciglia. E lo butta giù d'un fiato. Bibi è convinta che soltanto il cibo faccia ingrassare. Così vive di mele e insalata ma sa preparare a memoria tutti i cocktails dell'omonima enciclopedia che le ho regalato tre Natali fa.

Pausa.

«Che palle questo balletto» riprende.

«Tu te la cavi benissimo» la lusingo.

«Per forza. Queste ragazzette non sanno muoversi. E voi...» strascica la frase con compatimento.

«Poco fiato, eh?»

«Poco fiato e troppa ciccia».

«Ehi, ciccia a chi?»

Non ho rinunciato ai dolci per un mese perché poi venisse qui Bibi a dirmi 'ciccia'.

«La tua socia... Carolina. Su aripa. Vederla ballare è come assistere a un terremoto in casa Budini».

«Carolina sta bene così. Magra non sarebbe più lei».

«Vero. Sarebbe una bella donna».

«E piantala... almeno lei non è nevrotica».

Amichevole menzogna. Carolina non *era* nevrotica. Da quando è iniziata questa estenuante trattativa con Lorenzo, che per ora ha fruttato soltanto un pranzo, lo sta diventando.

Aiuto. Arriva Ugo Torment con Sofia alle calcagna. E mi guardano, tutti e due, decisamente male.

«Lei... non va a tempo».

«Lo so. Non sono proprio capace. Che dice? Mi tolgo dal balletto?»

«Neanche per idea. Dovete essere in cinquanta. Stia più attenta. E si metta dietro... dietro...»

Ugo Torment fa un gesto con le mani che mi sospinge indietrissimo, in una zona di balletto dove possibilmente lui non mi veda.

«Ultima fila?» propongo affabile.

«Ultima fila andrà benissimo».

Quant'è trucido, questo Ugo Torment. Piccolino e protervo, se ne sta lì, in canottiera blu, con uno stuzzicadenti immaginario in bocca. Ha fatto lui la coreografia, balla con noi e al momento buono dirigerà le riprese, eppure l'unica attività per cui a prima vista mi sembrerebbe tagliato è quella del magnaccia.

Si allontana sempre seguito da Sofia, che evidentemente l'ha preso a benvolere.

Neanche mi immagino quanto.

ORE 2.00. CASA MIA

Quello che ho detto per il citofono, vale anche per il telefono: uno squillo in piena notte è causa di forti scosse emotive alla single fidanzata con un uomo sposato. Chissà perché, pensi sempre che sia lui, il tuo amato amore, che ha deciso, proprio a quell'ora, di trasferirsi da te e iniziare una nuova vita insieme. Da parte mia, questo è particolarmente stupido, visto che i miei genitori vivono in campagna: non sarebbe più sensato spaventarsi a morte temendo che uno dei due si sia sentito male? E invece niente, DRIIN alle due del mattino e in un paio di nanosecondi, mentre alzo la cornetta, ho già mentalmente riarredato la camera da letto per sistemarci Alex una volta per tutte.

«Ti ho svegliata?»

«Sofia?»

«Scusami, lo so che ti ho svegliata, ma avevo bisogno di parlarti».

«Figurati. Tu parla, che intanto io con calma finisco di capire chi sono».

«È che non so cosa fare con Ugo».

«Con chi?»

«Con Ugo. Ugo Torment».

«Ma chi? Quello del balletto?»

Sono andata un altro paio di volte alle prove e ormai il mio posto in ultima fila non me lo toglie più nessuno. La settimana prossima si gira il video, che verrà mandato, non so con quanto coraggio, al Festival Cinema Giovani - Sezione Corti.

«Lui. Ci siamo innamorati».

«Come sarebbe, vi siete innamorati. Di chi?»

«Eh... di chi... io di lui e lui, anche se mi pare impossibile, di me».

«Tu di lui? Tu di lui? Di lui quello lì? Tu di lui? Sei pazza? Tu di lui?»

Non posso andare avanti all'infinito. E Sofia lo sa.

«Costanza. Piantala. L'avevo già capito che a te non piace, ma per forza. Ormai sei rovinata da Alex, e se non sono fighetti intellettuali non vanno bene. Ugo è affascinante, sensibile, pieno di talento, e mi fa sentire giovane e bella. Che c'è di strano se mi piace da impazzire?»

«C'è di strano!»

Ma in realtà non so cosa dirle. Non è mai semplice spiegare a una donna che l'uomo da lei prescelto è un guitto di terz'ordine che nel mio immaginario fa uso continuo di stuzzicadenti. E meno che mai, non è semplice spiegarlo a una cugina di quarantatré anni che è stata da poco piantata dal marito e che fino a quindici giorni fa stravedeva per un baritono gay. Quindi vado cauta.

«Sì, certo, è piuttosto attraente, per carità... ma... solo che... non mi sembra il tuo genere, ecco».

«Allora vuol dire che finora ho decisamente sbagliato genere. Ugo è un uomo, Costanza. Hai presente?»

Diciamo che ho capito.

«Sesso a fiumi?»

«A fiumi... Insomma... è successo una volta sola, ma è stato fantastico. Comunque non è quello. È questo senso di rinascita che provo. La psicologa dice che ho rivestito di nuove pulsioni il mio cupio dissolvi».

«Il tuo?»

«Cupio dissolvi. Desiderio di dissolversi».

«Senti qua, hai mai notato, in giro per lo studio della tua psicologa, una laurea incorniciata?»

«Costanza, non rompere. La mia psicologa ha ragione. Mi sento un'altra... è come se i colori fossero...»

«Più colorati?»

«Eh. E sento anche i suoni diversamente. Adesso, poco fa, non riuscivo a dormire, e una macchina ha frenato bruscamente qui davanti. Mi è sembrato il canto di una sirena ferita».

«Va be'. Non importa. Se ti fa del bene, questo Torment, va bene anche per me. E lui ti ama, dici? Voglio dire, usi proprio il verbo 'amare', dopo così poco tempo?»

«Non lo uso io. Lo usa lui. Però c'è un problema. È sposato».

«Uau! Ce l'hai!»

«Cosa?»

«Ce l'hai! Come nel gioco... ce l'hai! Sei l'amante di un uomo sposato!»

«No... non è così. In realtà, sono separati di fatto da anni. Hanno due vite completamente autonome. Lei sta a Bergamo. Però lui formalmente non se ne va di casa perché lei è un'isterica pazza, è già stata pure ricoverata, e lui non si fida a lasciarle il figlio».

«Non ci posso credere. Ugo Rochester ti ha rifilato la solita vecchia storiella e tu te la sei bevuta! Ma dai, Sofi! Quanti anni ha, questo figlio?»

«Ventuno. Ma è un ragazzo molto sensibile, fragile. Ugo ha paura che se loro si separassero comincerebbe a drogarsi. È così. Ti giuro. Non è una storia. Perché devi distruggere tutto? Non sono tutti come Alex, gli uomini».

Per la seconda volta, lascio correre una deliberata provocazione.

«Okay, magari è vero. E comunque, che ci importa? Mica devi sposarlo. Per una storia così, che ti rassereni in questo periodo, va benissimo. Anzi, guarda, sono proprio contenta. È solo che sulle prime non mi sembrava il tuo tipo di...»

«Ma noi vogliamo costruirci un futuro insieme. Tu non hai capito, Costanza. Questo è l'amore della mia vita».

La telefonata va avanti ancora a lungo. Mentre Sofia vaneggia, guardo la camera intorno a me, e mi pare singolarmente confortevole. Le pareti di un rosa chiarissimo, la casa di Barbie in un angolo, il cielo stellato sulla parete di fronte, la pila di libri e l'abat-jour azzurrina sul cassettone che mi fa da comodino. Una camera in cui uomini come Ugo Torment non entreranno mai.

Convinco Sofia a prendersela leggermente più calma, a lasciare che sia il tempo a stabilire se questo è davvero l'amore della sua vita. Certo, dice Sofia, però di tempo ne hanno poco, perché Ugo vuole un figlio, e lei ha già quarantatré anni.

«Casomai ne chiedete uno a Veronica. Buonanotte, Sofi. Dormi, che se no domani sei uno straccio».

Ma sono io, quella che ci mette un po' a riaddormentarsi. Ho un insettino che mi rosicchia dentro, e non capisco cos'è.

Così, il mattino dopo, io e Sofia siamo belle intronate, mentre Carolina sprizza energia, e sfoggia una mini a peonie che lascia senza fiato.

«Te l'ha regalata Lorenzo?» le sussurro mentre prendo un album da acquerello per una cliente.

«Ma dai... guarda che non è ancora successo niente. Cioè, quasi niente. Ieri, quando mi ha riaccompagnata a casa, mi ha baciata».

«Ti ha *baciata*? Vuoi scherzare? Com'è che la tirate così in lungo? È gay?»

«Smettila. Proprio perché mi piace davvero, non voglio farmi fretta. Quando succederà, dovrà essere perfetto».

Aiuto. Ormai Carolina parla come un Harmony. Mi aspetto che da un momento all'altro usi l'espressione 'è quello giusto', parlando di lui, e affermi di sentirsi 'di nuovo vergine' parlando di sé.

«Quindi? Continuerete a baciarvi in macchina?»

«Spero di sì. È bellissimo. I preliminari sono meravigliosi... non mi ricordavo neanche più di quanto fosse fantastico il pre-sesso».

Presesso, postsesso, io di quella roba lì non ne so più niente da anni. Con Alex, il sesso è un menhir nel deserto, una colonna dorica sopravvissuta al crollo del tempio. Non va bene. Mi riprometto di recuperare un po' di tenerezza con Alex, e mentre me lo riprometto, mi si materializza di fronte Lorenzo, che sorride propiziatorio.

Ormai passa dal negozio quasi tutti i giorni, e così alla fine l'ho conosciuto. Non è male, per quelle a cui piacciono gli uomini leggermente evanescenti con lo sguardo magnetico. È gentile, riservato, e ha un odore delizioso. Gli ho chiesto che cosa usa, e lui, prima di nominarmi un profumo Floris, mi ha guardata come se avessi tentato un approccio. Esagerato.

«Sono un po' in anticipo» dice. «Aiutami ad assumere l'andazzo del cliente finché Carolina non ha finito».

«È facile. Compra».

Sono acida, e anche un po' ingiusta, perché Lorenzo ha depositato nelle nostre casse somme principesche. Compra kit da ricamo per sua madre, quaderni per sua sorella che scrive poesie, bamboline da ritagliare per le nipotine, nastri colorati per sé, perché gli piace appenderseli nel bagno, mi ha detto, non richiesto. Non è che Lorenzo non mi piaccia. È che mi piace un po'.

«Dai... vienimi incontro. Dai il resto della mattinata libera a Carolina».

«Non è una mia dipendente. Può andarsene quando le pare. Non lavori mai, tu?»

«Lavorerò. Lavorerò moltissimo, quando il mio ristorante sarà aperto. Ma stanno ancora piastrellando le cucine. Le ho fatte fare giallo limone. Che ne dici?»

«Banalmente gradevoli».

«E di che colore sarebbero gradevoli ma non banali?»

«La gradevolezza è di per sé banale».

«Allora tu sei pleonastica».

«Ti chiedo scusa. C'è una cliente».

Lorenzo passa a corteggiare Sofia, che lo tratta molto meglio di me. Da quando sono tutte e due innamorate, lei e Carolina tubano e gorgheggiano con perfetto sincronismo. Io le odio un po'. Che ci vuole, a essere felici, quando stai con uno non sposato, o sposato alla larga, come Ugo? Ci provino loro, a sorridere dopo sedici anni di visitine frettolose. Sofia neanche ci pensa, alla signora Rochester. Si libra nell'aria e serve a casaccio.

«Scusi, ce l'avrebbe della tela Aida arancione?»

«Sì... guardo...»

«Sa, è per fare un bavaglino a mio nipote, così non si notano le macchie di carote».

«Guardo... eccola... quanta ne vuole?»

«Ma quella non è arancione... è verde...»

«Eh? Ah... verde... sì, è verde... sì. La voleva arancione?»

«Sì, per fare un bavaglino che non si macchi di carote...»

«Ah... be'... questo non si macchia di spinaci...»

E così via. Secondo me, resterebbe immota e remota anche se entrassero Amedeo e la Pura abbracciati come un polipo e una piovra. Anche perché durante l'ultimo weekend è avvenuto un miracolo e l'autopista è scomparsa. Non certo grazie ad Amedeo: Rebecca l'ha caricata sul furgone di un amico e l'ha depositata all'Ospedale Infantile. La stimo. Anche se ha presentato Torment a sua madre.

ORE 13.00. PIAZZA CAVOUR

Il maglio della vita mi colpisce con la sua tipica precisione alle 12.50, mentre attraverso piazza Cavour diretta a casa di Veronica, che abita qui dietro, in via dei Mille. Ogni tanto vado a trovarla durante la pausa pranzo, così mi ripasso com'è essere madre e ci rimetto la pietra sopra. Già non sono di un umore solare: mi scoccia che Lorenzo mi piaccia un po', e non voglio essere stufa di Alex. Proprio adesso che, lo sento, la vittoria mi alita sul collo.

Attraverso i giardini di piazza Cavour e cerco di immaginarlo tutto bello e seducente, con la camicia blu e lo sguardo radente... lo immagino con tanta intensità che mi pare di vederlo. Anzi, lo vedo. Lo sto vedendo. Non ha la camicia blu ma è Alex. È seduto su una panchina a mezza collinetta di distanza e sta mangiando un gelato insieme a una ragazza bruna. È indubbiamente lo stesso uomo che ieri sera al telefono mi ha detto: MI PIACEREBBE FARE COLAZIONE CON TE DOMANI, MA VIENE SU UN INVIATO DI *REPUBBLICA* E DEVO PORTARLO FUORI.

Sono sicura delle O. Diceva O; InviatO, PortarlO. Non InviatA, PortarlA. E poi, *Repubblica* una così non la invierebbe da nessuna parte. Anche da lontano, e per di più nascosta dietro un faggio, mi rendo conto che si tratta di una squinzia con gli stivali di pitone. Se lavora in un giornale, può essere solo *L'eco della palestra*. Ed ecco che almeno uno dei miei problemi è risolto. Lorenzo non mi piace più. È un esserino insignificante, basso e brunetto. Io amo appassionatamente questo dio biondo che tutte vogliono e nessuna avrà.

Con calma, con perfetta calma, passo davanti alla panchina. Non mi fermo a guardare se Alex si strozza col gelato. Mi basta sapere che mi ha vista, e che sa di essere stato visto. Il resto a più tardi.

Ma il maglio della vita non ha ancora finito. In fondo alla collinetta, una KA rossa parcheggiata in una zona d'ombra contiene Gloria, la moglie di Alex, sistemata in modo da poter tenere d'occhio la panchina su cui suo marito e Miss Pitone consumano il loro gelato. Gloria spia! Quasi quasi mi sciocca più lei di Alex. Allora è vero che ha deciso di passare all'azione. Non mi capacito. Dopo vent'anni di matrimonio e diciannove di corna, dopo essersi riparata dietro una cecità addirittura principesca, e dopo essersi fatta rifilare tre figli e un miliardo di bugie, Gloria spia, pedina e si apposta. Per un fuggevole attimo fuggente, mi fa un pochino di pena. Ma è un niente. Piuttosto, quali conseguenze avrà tutto questo sulla nostra vita? Se lei stringerà i cordoni della borsa coniugale, Alex smetterà davvero di vedermi? E per quanto? Più o meno di una settimana? E soprattutto, mi chiedo all'improvviso, per la prima volta in tutti questi anni, Alex mi tradirà anche quando saremo sposati? Toccherà a me, la vita di Gloria?

ORE 14.10. CASA DI VERONICA

«Naturalmente no» mi rassicura Veronica, impassibile. «Tradisce sua moglie perché lei non è perfetta. Non è moglie, sorella, amante, puttana e amica. Tu sarai tutte queste cose, e qualcun'altra in più, e dunque gli basterai. Le altre non le guarderà più».

«Mi prendi in giro?»

«Tu cosa pensi?»

«Penso che è esattamente così. Che non mi tradirà perché da me avrà tutto. Adesso non ha tutto. Cioè, non viviamo insieme. Non gli dà la sicurezza e la forza dell'amore quotidiano. Ama me, ma vive con lei. Logico che...»

«Se la spassi con una terza. Certo. È vero. Gli manca un punto di riferimento stabile, sicuro. Non potendo contare su se stesso...»

Veronica è così. Non attacca con violenza come fa Sofia. Mi prende in giro. L'ha sempre sempre fatto, fin da quando eravamo piccole. La strozzerei. «Ti odio. Non vuoi capire. Ce l'hai con me perché sono un'adultera. Vorresti vedermi andare in giro con la A come quella della *Lettera scarlatta*. Sappi che Alex si è sposato troppo giovane, e non è colpa sua. Gloria era incinta».

«Di chi?»

«Uffa».

Tregua. Ci facciamo il caffè. In casa c'è una tranquillità sovrannaturale. Eugenio non rientra mai a pranzo, e neanche Gabriele, Pietro e Betta, che fanno l'asilo e le elementari. Miranda, che fa la prima media, rientrerebbe, ma oggi pranza da una compagna.

«Vedrai, Vero. Alex si fiderà di me. Mi consegnerà se stesso. E io in cambio gli darò tutto quello che gli serve. Davvero».

«Ah ah».

Mi sistemo sul divano e mi guardo intorno. Una cosa che mi piace molto, in questa casa, è una parete del soggiorno tutta coperta di fotografie incorniciate a colori. Ci sono anch'io. Ci siamo noi cinque, fotografate a un matrimonio di famiglia, con le perle e i vestiti scemi. E c'è Giulietta, la migliore amica di Veronica da quando erano piccole, in almeno tre foto diverse. Mi trastullo pigramente con l'idea che Veronica possa essere lesbica. Ecco il suo segreto. Sforna figli per depistare sua madre, ma in realtà ha da sempre una torrida relazione con Giulietta. Anche Eugenio è gay, e si sono sposati per copertura. Hanno fatto l'amore in tutto quattro volte, una per figlio, e per riuscirci lui guardava una foto di Bruce Willis in canottiera e lei una di Madonna in guepière. Sto elaborando la visione, e deve essermi venuto in faccia un ghigno idiota, perché Veronica mi comunica:

«Stai pensando a qualche cretineria».

«Ma va'. Di' un po', come va con Eugenio?»

«Normale».

Sbeng. Cala la tela. Una specie di sipario che scende su Veronica appena noi cugine tentiamo di capire che razza di coppia sono quei due. Sì sì, dev'essere come dico io.

«E Giulietta? Come sta?»

Non saprò mai la risposta, perché si sente una scampanellata prepotente. Veronica va ad aprire. Sta via un bel po', ma dall'anticamera non arriva il minimo rumore. È Giulietta... è venuta a trovarla per farsi la sveltina delle due e lei la manda via perché ci sono io... forse si stanno dando un bacio struggente e frettoloso nella frescura ombrosa dell'ingresso. Porta che si chiude. Veronica che rientra. Ha qualcosa in braccio. Sembrerebbe... una bambina di circa un anno e mezzo? E chi è? Non è delle nostre... è sporca, e ha il naso grosso. Piccolo, ma già grosso.

«E questa?» chiedo esterrefatta.

«Si chiama Sailor Maria» mi informa lei, compunta.

ORE 17.30. CARTA E CUCI

«Scusi, avete dei biglietti di auguri spiritosi per le seconde nozze?»

Dopo una pausa pranzo del genere, vi sembra giusto che mi tocchi anche una che cerca biglietti d'auguri spiritosi?

«Abbiamo dei biglietti molto spiritosi per le seconde nozze. Però non c'è scritto niente. Diciamo che lo spirito sta nella figura».

«Ah... tipo vignette...»

La baronessa Cicci Grillo è perplessa. Già si immagina un disegno in cui svettino poppe. Le leggo nel pensiero e la rassicuro.

«Sono riproduzioni d'arte. Dei biglietti austriaci... guardi... molto spiritosi».

«Trova? A me sembrano... angoscianti».

Altroché. Sono opere di Füssli, un pittore che amava ritrarre Medusa inferocita. Ne prendo uno in cui Medusa è viola e digrigna i denti.

«Guardi questo... per renderlo spiritoso, può aggiungere lei a penna il titolo: 'La prima moglie'. Eh?»

Prima che la baronessa Grillo possa uscire indignata, interviene Carolina, a cui ho raccontato i miei incontri di piazza Cavour.

«Venga, baronessa... guardi, ho qui degli splendidi biglietti inglesi a festoni floreali...»

Adocchio un'altra cliente, che sta guardando dei quaderni. Ma per fortuna, squilla il telefono.

«Carta e Cuci, buongiorno».

«Costanza? Sono Bibi. Sai fare qualcosa con gli zucchini?»

«Bibi? Qualcosa come?»

«Da mangiare. Sai fare qualcosa di veloce con gli zucchini che si possa mangiare?»

«Sì. Hai della pasta sfoglia surgelata?»

«Mi prendi in giro?»

«Cos'hai, in casa?»

«Gli zucchini».

«E? Cos'altro?»

«Boh. Olio. Sale. Dello zucchero di canna. Un vecchio spicchio di aglio, molti limoni, del rhum, la crema caffè, vodka, credo ancora un po' di...»

«Okay. Ho capito. Hai solo gli zucchini. Perciò non ti resta che tagliarli a pezzetti piccolissimi, farli soffriggere in aglio e olio, quando sono morbidi li disfi un po' con la forchetta, e li usi per condire la pasta. Con tanto parmigiano».

«Chi ha parlato di pasta? O di parmigiano? Ho detto 'zucchini'. E stop».

«E perché li vuoi cucinare? Perché non li lasci marcire in frigo? Anzi, perché li hai? Perché hai comprato degli zucchini?»

«Veramente me li ha regalati una della RAI che li coltiva nell'orto. Devo imparare a cucinare, Costy. Almeno un minimo per darla a bere un paio di settimane. Poi ti spiego. Cosa metto prima, nella padella? L'aglio o gli zucchini?»

Giura che quanto prima mi spiegherà tutto, e va a lottare con gli zucchini. Ma la giornata non è finita.

«Scusi? Posso chiedere a lei?»

«Prego».

«Avete dei segnaposto che vadano bene per un pranzo a cui intervengono due vescovi?»

La giornata non è, ripeto non è, finita.

ORE 21.00. SAN GENESIO

Se la zia Margherita è famosa per l'omonimo rotolo, mia madre eccelle nella torta di palmola. Ciascuna zia ha il suo dolce-bandiera, e mia mamma è una delle zie. Cioè, a me è mamma, ma fa parte delle sorelle Botto, Margherita, Carla, Susanna e lei, Enrica. Quindi è una zia a pieno titolo. L'unica di noi cugine che non è figlia di una zia è Veronica. Suo padre è il fratello Botto maschio. Si chiama Ernesto, e in questa storia non comparirà mai più.

Mi stacco un bel malloppone di torta di palmola e li guardo. È stata una tipica cena coi genitori, piacevole, a parte la solita domanda che aleggia nell'aria, ormai sempre più stancamente: QUAND'È CHE TI DECIDI A SPOSARTI E A DARCI UN NIPOTINO?

Notare che mio fratello Luigi di nipotini gliene ha dati cinque. Se c'è una cosa che ai miei non manca, sono i nipotini. Ne hanno spesso un paio per casa. Più spesso ancora, li hanno tutti. Luigi e Monica abitano al piano di sopra della villa, e i bambini tendono a colare giù. Quindi, non provo il minimo senso di colpa. Ma tant'è, la domanda aleggia. E decido di movimentare un po' la serata.

«Ah, a proposito. Oggi, mentre ero da Veronica, le hanno portato una bambina».

«Un'altra?» chiede mamma.

«È stata la cicogna?» chiede papà.

«No. È stato un suo vicino di casa tossico. Abita su nelle soffitte con questa bambina di un anno e mezzo. Anche la madre è o era tossica. È sparita quando la bambina aveva sei mesi e lui ha deciso di andarla a cercare in Laos. Nel frattempo, ha ceduto la figlia a Veronica».

«Costanza, non dire stupidaggini».

«È la verità, cara mamma. Ha fatto le cose con stile: le ha portato tutto, la roba della bambina, documenti, certificati... a quest'ora lui sarà già in viaggio, e finché non torna, con o senza mamma, Sailor Maria è di Veronica».

«Maria cosa?»

«Sailor Maria. La tossica ha o aveva diciotto anni e va pazza per i cartoni di Sailor Moon. Lui ha pensato di affidarla a Veronica perché in questo anno lei l'ha aiutato molto, gli passava la roba dei suoi bambini, gli dava soldi, teneva la piccola un sacco di volte...»

«Ma siamo pazzi! Sarà sieropositiva!»

Mio padre è pediatra. In realtà è un po' per questo che ne ho parlato. A un primo sguardo superficiale, mi è sembrato che se c'era una cosa di cui quel mucchietto di stracci aveva bisogno erano un bel paio d'ore in compagnia di un pediatra.

«No no. Per un qualche inspiegabile miracolo, i genitori non sono sieropositivi. Tutto a posto. Solo che la bambina non è proprio un fiore di salute. Non so cosa le dessero da mangiare, ma a giudicare dallo stato generale penso cibo per gatti».

«Che orrore! Veronica deve portarla immediatamente in un Istituto...»

«Ma figurati. Quando me ne sono andata, stava facendole il bagno, preparandole un biberon, misurandole una tutina, tagliandole la frangetta, cantandole una ninna nanna... tutto più o meno contemporaneamente».

«Non ci manca altro! Ne ha già quattro suoi, che a malapena riesce a stargli dietro! Ed Eugenio, cosa dice?»

«Non lo so. Era fuori».

«Ci penserà lui a farla ragionare».

Eugenio è la luce degli occhi di mamma. Quando immagina un genero, ammesso che si dia ancora la pena di farlo, lo immagina esattamente così: un cardiochirurgo bello come E.R., sfornatore di figli, e incapace di intrallazzi con le infermiere.

Discutiamo ancora un po' del futuro di Sailor Maria, ma non così in lungo e in largo come si potrebbe credere. Mia madre non vede l'ora di buttarmi fuori per potersi attaccare al telefono con le sue sorelle e parlar male di Veronica. Diciamolo: il fallimento o la latitanza matrimoniale delle loro figlie scoccia parecchio le sorelle Botto, e ancora di più le scoccia che l'unica con una famiglia esemplare sia Veronica, CHE NON È LORO FIGLIA! Non si sono ancora spinte a creare un collegamento tra le due cose, ma quando lo faranno, spero che il mondo della psicanalisi si trovi pronto.

Papà, invece, è interessato ai cartoni di Sailor Moon. Vorrebbe saperne di più.

«Quando li danno?»

«Alle cinque, credo, durante *Bim Bum Bam*. Non lo guardate sempre, tu e i bambini, *Bim Bum Bam*?»

«Ultimamente, tua cognata ci ha tagliato le ore di televisione. Se vogliamo guardare *Lupin* e *I Simpson* alle due, dobbiamo andarci piano con *Bim Bum Bam*».

«Ribellatevi».

«Non importa. Tra un mese torna a lavorare. Com'è che si chiama, il fidanzato di Sailor?»

«Milord, mi pare. Fa le magie con una rosa».

È una bella conversazione, ma devo andare. Da San Genesio, dove abitano loro, a casa mia, ci sono ventitré chilometri. Li faccio tutti chiedendomi se troverò un messaggio di Alex in segreteria.

ORE 00.00. CASA MIA

La lucina rossa dice sette. Uau. Almeno quattro saranno suoi.

«Sono Veronica. Devo parlarti».

«Sono Rebecca, ciao, è urgente, richiamami appena puoi ma non quando c'è la mamma in casa guarda che è davvero urgente».

«Costanza sono Olga... facciamo colazione insieme martedì? Ci sentiamo, ciao».

«... e con sole settecentomila lire mensili potrete accedere a tutte le strutture del club...»

«Ciao. Volevo dirti che parto per una settimana. Mi mandano al Festival di San Sebastian. Ti chiamo».

«Costanza sono Nigel... spero di non aver fatto pasticci con il orario vostro... volevo parlarti di Maria Olimpia... ti chiamo ancora... ciao».

«Eh... scusi... sono Maria... volevo dire che domani non posso venire perché c'ho la bambina con la febbre».

So perfettamente chi è Olga: un'amica che non vedo mai, e con cui ci lasciamo dei messaggi in segreteria come ultimi baluardi di un antico affetto. Immagino di cosa voglia parlarmi Veronica. Prevedo guai dalla telefonata di Rebecca. Maledico brevemente la signora delle pulizie, soprattutto perché la bambina con la febbre si chiama Ilary, scritto così. Ignoro il Club Snellissima e rimando a più tardi una approfondita valutazione del messaggio di Alex. Per il momento, tutta la mia attenzione è rivolta a Nigel. Non ci ho messo niente a ricordarmi che Maria Olimpia è il nome cristiano di Bibi. Nigel è il suo ex marito, quello che vive a Vancouver con i bambini. Possibile che la sua telefonata abbia qualcosa a che fare con gli zucchini?

ORE 18.30. VELODROMO

«Tensione, torsione, espressione! Siate cellule di un corpo sconosciuto! Siate parti di un unico organismo che ha la testa in un'altra galassia!»

Ugo Torment dirige col megafono l'ultima prova del balletto. Seguirà cena a casa di Sofia. Ha preceduto un lungo venerdì schizzato e un mezzo sabato isterico, in cui non ho fatto altro che aspettare una telefonata di Alex dal Festival di San Sebastian. Sembra brutto, in una persona della mia età? Sembra anche orribile, se è per quello, ma tant'è, ho passato tutto il giorno chiusa in casa, maledicendo la mia decisione di non possedere un cellulare. L'idea è che, se sei l'amante di un uomo sposato, e in più hai un cellulare perché lui possa rintracciarti ovunque appena ha un minuto libero, sei veramente troppo squallida. Di conseguenza, quando aspetto una telefonata di Alex sto inchiodata a tre metri massimo dall'apparecchio, a gemere, mangiare porcherie, avere il vuoto allo stomaco. Mentre potrei aspettare la stessa telefonata passeggiando in centro o andando in bici lungo il fiume. Comunque non mi ha chiamata, e quindi Ugo Torment ha poco da sfinirmi: potrò avere qualche lacuna in fatto di torsione e di espressione, ma in quanto a tensione nessuna mi batte, qui. Nemmeno Sofia, che si è tinta i capelli arancione metallizzato e sta in un angolo a cucire i costumi, ovvero lunghe strisce di stoffa rossa che andranno sistemate in qualche modo intorno ai nostri corpi. Nemmeno Bibi, che non mi ha ancora spiegato perché vuole far finta di saper cucinare, nemmeno Carolina, la mia vicina di ultima fila, che ansima e sfiata, e approfitta di un attimo di pausa per mugolare:

«Costanza... si mette male...»

«Con Lorenzo?»

«Eh? Chi? Oh, no, figurati. L'abbiamo poi fatto, mi, ieri sera. Insomma... poteva andare meglio».

«Cosa? L'avete fatto? e me lo dici così? Ma...»

«Eh... che sarà mai... è carino ma alla fine... stringi stringi... be', poi ti dico, adesso il problema è Sofia. Quell'Ugo lì la frega, te lo dico io».

«In che senso?»

«Tutti. Tanto per cominciare, ieri mattina è passato in negozio e lei gli ha dato un assegno».

«Come lo sai?»

«L'ho vista compilare un rettangolino giallo a forma di assegno e darglielo, e lui l'ha messo nel portafoglio e se n'è andato».

«Oh no. Che verme. Perché, perché, perché è venuto proprio nel mio sabato libero? Se c'ero io, vedeva».

«Vedeva cosa... Sofia in questo momento non dà retta neanche alla Madonna».

Stiamo un attimo zitte, immaginando Maria Vergine, con il suo mantello celeste, che invita caldamente Sofia a non consegnare assegni a Ugo Torment. Poi Carolina sospira: «E per di più prima l'ho visto fare lo scemo con Nadiana».

Nadiana. La nostra pornodiva. L'immaginario erotico della scuola di recitazione. Le luci rosse perennemente accese sulla prima fila del balletto.

«Va be'... dai... chiunque farebbe un pochino appena lo scemo con Nadiana... e poi è una sua allieva... sai come sono i rapporti fra professore e allieva...»

«Sì, però lui le metteva la lingua sul collo».

«Che brutta immagine».

«Quello faceva».

«E Sofia?»

«Cuciva».

Ecco, è sempre così: ovunque nel mondo c'è una donna che cuce, poco più in là ce n'è un'altra che si fa mettere la lingua sul collo dal marito o fidanzato di quella che cuce. È un teorema. Una legge della fisica. Riprendiamo la torsione, la tensione e l'espressione, ma non per molto. Fine della prova. La settimana prossima si gira il video, quello che, a sentire Sofia, darà la fama a Ugo.

«Lo presenteranno a Venezia» mi dice un'ora dopo, mentre diamo gli ultimi tocchi al paté in gelatina. È un tipico piatto natalizio, ma per impressionare Ugo va bene anche in maggio.

Gli invitati siamo io e Ugo, Bibi e il suo ragazzo, Walter, Carolina e un paio di amiche di Sofia, Lina e Caterina, che nella mia mente girano indelebilmente accoppiate come Adelina e Guendalina Blah Blah. Irene non viene perché stasera esce con Andrea, il veterinario tornato dall'Ungheria.

«Dove andate?» le ho chiesto oggi pomeriggio al telefono.

«Puoi immaginare. A sentire un concerto di sua madre».

«Oh madonna».

La madre di Andrea è una pianista incapace che ha fatto un minimo di carriera locale perché il marito ha una stratosferica fabbrica di mangimi. Anche adesso che è vecchia bacucca ogni tanto le allestiscono un concerto al Circolo del Ricamo o roba del genere.

«Eccitante, vero? Prevedo una serata da brivido».

«Irene, dimmi perché ci vai».

«Perché spero che finisca presto».

«E quello là, coso di Bernengo, Giacomo...»

«Eh... mi telefona. Voleva che lo accompagnassi alle corse di Ascot...»

«EH?»

«Ha una zia in Inghilterra, ha sposato un conte. Comunque, non posso. Come faccio con Marco?»

Ho riattaccato prima di impegolarmi in una discussione sul curioso modo di essere separata di mia cugina Irene.

In quanto a Veronica, non mi ha chiamata, il suo telefono ha la segreteria attaccata e dice che la famiglia Barra è in montagna. Speriamo bene.

ORE 22.30. CASA DI SOFIA

Per un attimo voglio quasi bene a Ugo: erano mesi e mesi che Sofia non permetteva a più di una persona per volta di entrare in casa sua. Che sua, purtroppo, non è. In un attimo di demenza precoce, il padre di Sofia l'ha intestata ad Amedeo, forse temendo che sua figlia se la schiantasse sui tavoli da gioco di Saint-Vincent. Di qui una battaglia legale che se la ride della *Guerra dei Roses*. Naturalmente Amedeo questa casa non l'avrà mai, ma il poverino è troppo stupido per capirlo. Non sa che la Forza è con noi e che mai di tutti i mai del mondo una discendente delle sorelle Botto perderà una casa.

«No?» concludo rivolta a Irene, che mi sta aiutando a preparare il caffè.

Irene, sì. A sorpresa, lei e Andrea ci hanno raggiunti subito dopo il concerto. C'è qualcosa che non va, non vi pare? Voglio dire, non è normale passare dal concerto della mamma alla cena della cugina. E il motel?

Ma Irene freme. Ha qualcosa da dirmi, un segreto, bisbiglia e si agita.

«Cosa?»

«Devo dirglielo o no, a Sofia, che oggi da Auchan ho visto Amedeo con quella là?»

«No... sei scema... proprio stasera che si sta divertendo... dillo a me, però. Com'è lei?»

Nessuno di noi ha mai visto la pura Annamaria, che lavora in Regione e gestisce i fondi per i Musei Etnografici: è quindi possibile incontrarla solo nell'ambito delle tradizioni popolari.

«Boh... purtroppo l'ho vista solo da dietro. È una culona bionda con gli occhiali».

«Se l'hai vista da dietro come fai a dire che ha gli occhiali?»

«Ho notato le stanghette. Amedeo spingeva il carrello. Era pieno di soia».

«Ci si strozzino».

La comparsa di Irene e Andrea non è stata l'unica sorpresa della serata. La nostra Bibi è arrivata senza Walter, il suo simpatico fidanzato che trova i nomi ai giocattoli. «E WALTER?» le abbiamo chiesto tutti a turno, ma lei ha risposto agitando una mano in aria, come se Walter fosse un zanzarino da allontanare al più presto. Ma è inutile dire che la star della serata è Torment. A precisa domanda della sfacciata Carolina, ha ammesso che il suo vero nome è Ugo Baracchi.

«Poco teatrale, no, signore? poco teatrale, poco teatrale... sì... poco teatrale... e così, siccome in quel periodo stavo curando una versione per mimo dei *Dolori del Giovane Werther*... ho pensato ai suoi tormenti, che erano i miei tormenti, che sono i nostri tormenti... e ho scelto di chiamarmi Torment. Ugo Torment».

Non so se lo fa apposta, ma lo dice tipo: Il mio nome è Bond. James Bond. Pazienza. È peggio quando ci racconta i suoi esordi nel mondo teatrale.

«Ero operaio... elettricista... mi hanno preso nella compagnia teatrale, e siccome, modestamente, non avevo fatto grandi studi ma ero intelligente... andava sempre a finire che le parti le sapevo meglio io di quelli in scena. Una volta...»

Stacco l'audio. Se c'è una categoria di persone al mondo che non mi interessa sono gli attori. Riattacco casualmente mentre racconta il fortunato incidente che ha portato al suo debutto sul palcoscenico: il primo attore della compagnia, a poche ore dall'inizio dello spettacolo, si fulminò con il phon in camerino.

Io e Carolina ci guardiamo. Bibi e Irene si guardano. Si guardano, probabilmente, Lina e Caterina. Dunque è anche un assassino.

ORE 1.30. ANGOLO DI STRADA

Potremmo andare in un pub. Potremmo andare a casa mia, che è poco lontana. Potremmo andare da lei. O in quel nuovo locale di piazza Carlina dove vanno tutti. Invece no: per spiegarmi la Misteriosa Faccenda degli Zucchini, collegata con la ancora più Misteriosa Scomparsa di Walter, Bibi sceglie l'angolo tra via dei Mille e via Provana, sotto casa di Sofia, e ce ne stiamo piantate lì a parlare in macchina, incuranti dei travestiti sull'angolo di fronte, detti i 'Kiss' a causa del loro look.

«E così, ho deciso di cambiare tutto. Basta. Voglio ricostruire la mia famiglia».

È Bibi che parla, e potrebbe doppiare Olivia De Havilland in *Via col vento*, tanto risulta melensa.

«La tua famiglia?»

«Sì. voglio tornare con Nigel e i bambini. Mi mancano troppo».

«Da quando?»

«Da sempre, stupida. Tutto il resto della mia vita era solo... non so... una grande illusione... una bolla di sapone... un gioco...»

Prima che i luoghi comuni le prendano definitivamente la mano, annuisco, falsamente comprensiva.

«Ah... ecco. Se non che la tua famiglia è in Canada, e per di più...»

«Infatti. Vado in Canada».

«Vai in Canada? Quando?»

«Tra dieci giorni».

«Ma... Nigel? Cosa dice?»

«Non lo so... gli ho telefonato, ma mi ha risposto quella tizia e allora gli ho mandato un telegramma».

Si china a frugare nella borsetta.

«Tieni. Ho la copia. Leggi».

NIGEL TI AMO STOP VOGLIO RIUNIRE LA NOSTRA FAMIGLIA E VIVERE CON VOI COME UNA DONNA NUOVA STOP I MIEI FIGLI HANNO BISOGNO DI ME NON PUOI FARLI ALLEVARE DA UN'ESTRANEA IN PIÙ SARTA STOP ANCHE TU HAI BISOGNO DI ME RICORDI QUANDO FACEVAMO IL SESSO EGIZIANO BE' ADESSO SO ANCHE CUCINARE STOP IL MIO KARMA E IL TUO KARMA NON SI SONO MAI DIVISI E ORA È TEMPO DI RIUNIRCI ANCHE NOI STOP UNA FAMIGLIA STOP UN FOCOLARE STOP BACIA NAOMI E ROCCO E DI' AI MIEI TESORI CHE MAMMA LI AMA ARRIVO CON REGALI MERCOLEDÌ. BIBI

Vorrei dirle che gli stop nei telegrammi non si mettono più. Vorrei chiederle com'è il sesso egiziano. Vorrei chiederle con che fegato afferma di saper cucinare. E comunque cosa ne ha fatto degli zucchini. Vorrei chiederle tante cose, ma una è più urgente.

«Chi è Naomi?»

«Ma come! È mia figlia. La gemella. Naomi!»
«Tua figlia si chiama Diana».
«Naomi Diana. Adesso preferisco chiamarla Naomi. Sai, per via della principessa Diana. Fa lugubre. Allora, che ne dici?»

Ecco spiegata la telefonata notturna di Nigel.
«Di' un po'. Che ore sono adesso a Vancouver?»
«Non so. Otto di più, dieci di meno, non so».

Dovrebbe andare bene in ogni caso. Appena arrivo a casa lo richiamo. Povero Nigel. Bibi lo ha sposato dieci anni fa per fare dispetto a suo padre. E pensare che il padre di Bibi, è quello che fa la differenza fra lei e noi. Unica fra le zie, Susanna, la mamma di Bibi, ha sposato uno straricco. Zio Guido fabbrica cachemire, ne fabbrica tanto e lo vende carissimo. Bibi ha tutto di cachemire, anche gli stracci per togliere la polvere, e ogni tanto anche noi cugine riceviamo in dono metri di doppio filo, magari nei colori meno venduti, tipo verde passato di piselli e beige foglie smorte, ma sempre doppio filo è. I due fratelli di Bibi sono entrati anche loro nel cachemire, e lo zio contava che Bibi non se ne allontanasse troppo, tipo sposando uno stilista non gay che disegna giacche (di cachemire), o anche uno stilista moderatamente e discretamente gay. E lei invece si è sposata uno stuntman canadese. Nigel è rovinosamente caduto in parecchi film di successo: è rotolato lungo le rapide del Missouri in veste di Robert De Niro, è precipitato da un edificio in fiamme al posto di Steve Martin, è saltato dalla piramide di Cheope fingendosi Harrison Ford, ma nessuna di queste imprese poteva guadagnargli l'affetto dello zio. Purtroppo, non gli hanno guadagnato neanche l'affetto di Bibi. Il matrimonio è durato giusto il tempo di mettere al mondo Rocco e Diana, i gemelli. Bibi ha avuto una depressione post parto che è durata due anni, durante i quali dei bambini si è occupato Nigel. Lei ogni tanto li guardava e rabbrividiva pensando a quanto aveva sofferto per metterli al mondo. Poi guardava fuori dalla finestra, vedeva Vancouver, e rabbrividiva ancora di più. Così un giorno è tornata fra noi. Sola. I bambini se li è tenuti Nigel. A sentire Bibi, ciò era avvenuto perché lei era disoccupata e non poteva mantenerli. In realtà, con l'assegno che le passa suo padre Bibi potrebbe mantenere i figli anche se ne avesse tanti quanti Mia Farrow, ma tant'è. Liberata dagli affanni domestici, Bibi è fiorita. Ha scoperto la new age, l'espressione corporea, i fiori di Bach, ha scritto un libro intitolato *La Ginnastica Interiore: quando il Sesso incontra lo Spirito* e da due anni conduce una rubrica radiofonica di grande successo sui problemi delle donne separate.

«Non so, Bibi. Mi sembra una follia. Vuoi mollare tutto e andare in Canada? E la RAI?»

«Ah già, non te l'ho detto. Mi hanno sospeso la rubrica. Il nuovo direttore. Meglio. Sono libera. Stava appesantendo troppo i miei centri vitali».

«Ma Walter? Stavate così bene insieme...»

«Walter... si fa una sua collega. Una che disegna i vestiti di Barbie».

Segue un attimo di silenzio. La stessa immagine attraversa le nostre menti cuginesche. Lui e lei che si rivestono dopo un appassionato incontro amoroso.

LUI   *Amore... non mi hai ancora detto cosa farai indossare a Barbie-Assessore-All'-Urbanistica...*
LEI   *Pensavo un tailleur a righine e stivaletti fucsia. E dimmi, tesoro, come lo chiamiamo il puma di Barbie?*
LUI   *Non saprei... che ne dici di PUMITO?*

Ci guardiamo.

«Mi spiace, Bibi... sei sicura?»

«Scherzi. Sai, le solite cose. Silenzi, telefonate strane, ore a guardare nel vuoto... sesso col contagocce... strani profumi... l'adulterio proprio da manuale, guarda. Non mi ha risparmiato niente».

«Ci stai tanto male?»

«No. In realtà, era un pezzo che mi bastava guardarlo per sentirmi crollare le palpebre. Mi addormentavo tutte le sere alle nove e dieci. No, guarda, ormai l'ho capito. Walter era un sostituto. L'esperienza della famiglia va vissuta completamente. Io l'ho interrotta troppo presto. Devo riprenderla e portarla al suo compimento naturale».

L'improntitudine di Bibi è irresistibile.

«E qual è, il suo compimento naturale?»

«Non lo so».

«Lo scopriremo solo vivendo?»

«Appunto».

«Senti... e come la mettiamo con Rosa?»

Nonostante la brutta esperienza con mia cugina, Nigel ha dimostrato passione e dedizione nei confronti della donna italiana, scegliendosi come nuova compagna Rosa, una sarta siciliana che ha conosciuto sul set del *Confessionale*.

«Rosa... non so neanche chi sia, questa Rosa. Una sarta, figurati. Mi immagino già come troverò i bambini, obesi e infiocchettati».

«Bibi... lascia perdere».

«Io non lascio mai perdere, Costanza».

Già, me l'ero dimenticata.

ORE 12.00. BAR PASTICCERIA ACCORNERO

Se qualcuno ha voglia di piazzarsi sui gradini della chiesa di Sant'Agnese, davanti al Bar Pasticceria Accornero, di domenica mattina a quest'ora, con un po' di pazienza vedrebbe passare la maggior parte della mia famiglia e delle mie amiche. Come ho detto, la mia città sembra grande ma la nostra vita di fatto si svolge tutta dentro un paio di quartieri. Le zie vanno a Messa a Sant'Agnese, non sempre, non tutte, ma quasi sempre e quasi tutte, e le cugine vanno a far colazione da Accornero, nei periodi in cui non siamo a dieta. Ma anche chi non è a dieta, da Accornero deve stare molto ma molto attenta.

Io e Carolina ci siamo date appuntamento qui, e adesso stiamo cercando di calcolare il possibile rapporto tra delitto e castigo.

«Per smaltire un krapfen domani quante vasche devo fare?»

Il lunedì mattina il negozio è chiuso e io vado a nuotare.

«Sedici».

«Oppure oggi pomeriggio potrei stirare».

«E che smaltisci, a stirare? Muovi sì e no le braccia».

«E se invece faccio un'ora di bicicletta?»

«Allora puoi spararti pure una fetta di Sacher».

Scopo dell'appuntamento è un'ampia e chiarificatrice chiacchierata su Lorenzo, sviluppi e prospettive. Ma dovrà essere rimandata. Proprio mentre sto decidendo che dopotutto alla fetta di Sacher preferisco un krapfen alla crema, avviene l'impossibile. Veramente non è proprio l'impossibile, diciamo che avviene l'altamente improbabile. Attraverso la vetrina, vediamo convergere sul Bar Pasticceria Accornero, da opposte direzioni, Lorenzo, Alex, moglie di Alex, figli di Alex. Il corpo precede la mente, e prima che le mie cellule cerebrali esaurite abbiano trasmesso l'informazione, già le gambe mi hanno catapultata dal giornalaio di fronte, dove mi immergo nella contemplazione del settore Moto, Motociclette, Auto e Auto da Corsa, Moto da Corsa e Cingolati. Ed ecco che arriva anche Carolina, con l'aria altrettanto catapultata, che si concentra invece sulle riviste del settore Pesca.

«Che cosa ci fai qui, tu? Sta arrivando Lorenzo».

«Non voglio vederlo. Non adesso. Non me la sento...»

Bisbiglia con la testa china. Ma si può?

«Ma sei cretina? Fino a tre giorni fa stravedevi... volevi un figlio... dicevi che eri veramente innamorata per la prima...»

«Ciao Costanza. Carolina...»

Alex. Mentre moglie e figli entrano da Accornero come una piccola flotta di lusso, lui si è infilato qui e tira su manate di giornali a casaccio. Non sa di aver acquistato anche *Susanna*, con le schede per i ricami di Pasqua.

«Ciao, Alex».

Chi non ha sentito quel mio "Ciao, Alex", non sa cosa sia un saluto veramente freddo.

«Come va?»

«Splendidamente. Paga, e raggiungi la tua famiglia in pasticceria».

«Non ho bisogno di istruzioni, grazie. Quando ci vediamo?»

Perché non dico 'Mai più'? Perché? Perché sono ostinatamente stupida, e stupidamente ostinata.

«Non saprei. Non ho fretta».

«Ehi... scimmietta... lo sai che sono stato via... sono tornato stanotte...»

«E a San Sebastian non hanno ancora questa utile invenzione moderna, il telefono?»

«Non ero solo».

E me lo dice così? È evidente che si è portato dietro una delle sue fan. Ed è veramente l'ultima volta che questo...

«Gloria è voluta venire con me. Tentativo di riconciliazione. Lo sai che mi pedina?»

«Sì. Ci siamo incontrate l'altro giorno in piazza Cavour».

«Cristo, neanche un criminale nazista è braccato come me».

Carolina è scomparsa. Sulla porta di Accornero si affaccia la figlia maggiore di Alex, una squinzietta con l'aria annoiata di chi si è appena sentita dire: 'Isotta, guarda un po' se vedi papà'.

Esco dal giornalaio, precedendo Alex di qualche opportuno secondo, ed ecco di fronte a me, con gli occhiali scuri e un'ombra di barba, Lorenzo.

«Ciao... come stai?»

«Molto bene... e tu?»

«Anche... mi sembrava di aver visto Carolina e...»

«Ti chiamo nel pomeriggio». Alex mi passa accanto, butta lì questa specie di promessa, sparisce in pasticceria, e sul marciapiede restiamo io e Lorenzo a guardarci. Lorenzo veramente non lo so che cosa guarda, perché appunto ha gli occhiali scuri, ma mi sembra che la sua testa sia inclinata in direzione di Alex.

«Alessandro Varetto... e così è lui il tuo famoso fidanzato...»

«Vedo che tu e Carolina vi ripassate la mia privacy col tritacarne...»

Lorenzo mi guarda perplesso.

«Ma come parli?»

«Lascia perdere. Sì, è lui».

«Mah... non so se è il tuo tipo, proprio... ogni tanto veniva nel mio ristorante a Londra... ha una moglie molto bella. La conosci?»

«Non quanto vorrei».

«Va be', vedo che l'argomento non ti prende. E Carolina?»

«Ne so quanto te. Eravamo insieme dal giornalaio e in un attimo è sparita dalla faccia della terra».

«Prima o dopo avermi visto?»

Mi viene da ridere. Cerco di fermare gli angoli della bocca prima che schizzino all'insù ma qualcosa dev'essersi notato.

«Ah... dunque dopo. Ridi pure tranquillamente».

«Scusa... non so perché fa così... lo saprai meglio tu, immagino».

«Al momento sono un po' perplesso sul suo conto... vieni, andiamo a prendere un caffè, e vediamo se ricompare».

«Certo... così facciamo proprio la farsa perfetta: io che entro nel bar dove il mio amante sta comprando le paste della domenica insieme alla sua famigliuola, e ci entro accompagnata dal fidanzato della mia amica, che però il mio amante scambierà per un mio corteggiatore, e così...»

E così Lorenzo, senza il minimo preavviso, mi prende la faccia tra le mani e mi bacia, tantissimo, a lunghissimo e con mia enorme soddisfazione. Quando smette, mi sembra di avere delle rane che mi saltano nel sistema nervoso.

«Ma... che cosa...»

«Me l'hai data tu l'idea... mentre dicevi che il tuo

amante mi avrebbe scambiato per un tuo corteggiatore, ho visto il tuo amante uscire dal bar, e ho pensato che se ti baciavo, gli rovinavo la domenica. Oggi, quando ti telefona, potrai trattare da una posizione di forza».

«Certo! E se passava Carolina, eh?»

«Magari... potrei trattare anch'io da una posizione di forza».

«Ma quale posizione di forza... vuoi farmi litigare con la mia migliore amica?»

«La tua migliore amica è un po' sfuggente. Litigare per me potrebbe farle bene».

«E io?»

Sono furiosa. Non mi piace essere baciata per terzi fini, specialmente se il bacio mi è piaciuto così tanto. Non mi piace che mi piacciano i baci di uno che probabilmente sarà il padre dei figli di Carolina. Sono molto arrabbiata e voglio andare a casa. Lorenzo mi guarda e ride.

«Smettila di digrignare i denti. Perdonami. Ti compro il gelato».

«Okay».

In fondo, quel krapfen non l'ho poi preso.

Passeggiamo per la piazza mangiando il gelato, e chiacchierando di altre cose. Ristoranti, tipi di magnolie, profumi in generale, vaniglia e violetta in particolare, gatti, film. E chiacchierando io mi maledico, perché proprio oggi che dovevo incontrare l'uomo che amo e l'uomo che mi confonde le idee sono miseramente vestita con dei vecchi fuseaux, scarpe da tennis sporche e una felpa che non ha più un colore né più un'età. Perché non sono andata all'appuntamento con Carolina in minivestito blu cobalto, calze a rete e scarpe col tacco? E soprattutto, dov'è Carolina? Mi avrà visto mentre il suo ragazzo mi baciava? E se sì, mi aspetterà nel mio portone per pugnalarmi?

ORE 16.30. CASA MIA

Mi aspettava nel portone, ma non per pugnalarmi. Mentre passo con cura la spazzola del Centogradi sul divano, penso che in fondo è andata bene. Carolina non ha visto Lorenzo che mi baciava. Sarebbe andata anche meglio se io non glielo avessi detto. Purtroppo, non ho più la tempra e l'energia fisica necessari a convivere serenamente con i sensi di colpa. Ormai non li reggo più. Come ne ho uno, anche di proporzioni irrisorie, devo immediatamente farlo fuori. Così ho raccontato tutto a Carolina, tranne qualche particolare: lunghezza del bacio, intensità del medesimo, gradimento dello stesso. In pratica, l'ho ridotto a un bacetto frettoloso, una stupidata al volo per far rabbia ad Alex. E neanche mentivo, perché così è stato il bacio per Lorenzo. Carolina si è inverdita un attimo, però può darsi che le abbia fatto bene, perché si è immediatamente schiodata dal mio portone ed è andata a casa, con tutta l'aria di quella che avrebbe chiamato Lorenzo. E così eccomi qui, a passarmi un pomeriggio domenicale bella sola, a pulire la casa, in attesa della ipotetica telefonata di Alex. Così è la vita di noi amanti degli uomini sposati, ed è inutile lamentarsi. Sono molto ansiosa di vederlo. Non mi importa se è un infido bugiardo e traditore, è l'uomo che amo con caparbietà da sedici anni, e non smetterò certo adesso soltanto perché un cuoco non molto alto mi ha fatto provare un brivido di autentico erotismo strisciante come non se ne sentiva più parlare da anni. La cosa buffa è che Carolina mi ha spiegato perché è scappata stamattina (a proposito, si era nascosta in chiesa). Dice che quando lei e Lorenzo hanno fatto l'amore è stato emozionante come lavarsi i denti. Brividi zero, passione a picco, innamoramento sottoposto a doccia emotiva.

«Mi sono sentita stranissima... ho cominciato che ero pazza di lui, e alla fine mi sentivo dentro una specie di... quella roba russa con i lupi... come si chiama?»

«Steppa».

«Brava. Steppa. Così mi sentivo».

Dice che non è che lui sia un incapace, tutt'altro, è che proprio latita la reazione chimica.

«E lui? Che diceva? Ce l'ha avuta la reazione chimica?»

«Boh. Quello chi lo capisce».

È stato a questo punto che mi è sembrato bene raccontarle la faccenda del bacio. O meglio, che mi è sembrato estremamente pericoloso non raccontargliela. Dopodiché, come ho detto, Carolina si è fatta prendere da una gran fretta di tornare a casa. Non era per niente arrabbiata con me, sia chiaro. Anche perché vorrei vedere. Per quel che ne sa lei sono innocente. Con me, quindi, non ce la poteva avere e non ce l'aveva. Solo, aveva tutta questa incredibile fretta di tornare a casa. Quindi Lorenzo aveva ragione. Probabilmente ci contava, che io glielo dicessi. Mi viene un nervoso che gli sparerei in faccia il Centogradi. Ed è adesso che la provvidenza in persona mi invia l'atteso DRIIN. Solo che non è il telefono. È direttamente la porta. Mi affaccio, e vedo la macchina di Alex parcheggiata in seconda fila. Non ha intenzione di fermarsi a lungo. E io ho sempre addosso i fuseaux e la felpa.

ORE 9.30. PISCINA DEL CLUB LA PANTERA

Se c'è una bella sensazione nella vita è nuotare nella piscina neoclassica del club La Pantera, dove le ricche signore della mia città vanno alla ricerca della forma fisica. Per la gioia di quelle meno ricche, ogni tanto scattano le offerte speciali, iscrizioni a costi e orari ridotti, e lì mi ero velocemente intrufolata io. Limitando però l'intrufolamento alla piscina: nelle palestre non ci metto mai piede. Ogni tanto, mi fermo incantata davanti alla bacheca a leggere l'orario delle varie lezioni, chiedendomi quale possa mai essere la differenza tra aerobic dance e step. Aquagym, invece, lo so benissimo cos'è: sono una quindicina di femmine di tutte le misure e tutte le età, che si piazzano nella piscina a chiacchierare agitando un po' le gambine sott'acqua. Se si trovassero al Gran Bar spenderebbero parecchio di meno e non mi costringerebbero a nuotare a zig zag come un sommergibile americano nel '44. Il motivo per cui non ho mai nemmeno pensato di frequentare le palestre sta nello spogliatoio. Dove, appunto, ci si spoglia. Ed è lì che ho il piacere di osservare in tutta la loro naturalezza le più antiche frequentatrici della Pantera. Signore o signorine che, a giudicare dalla familiarità con cui si rivolgono alle inservienti, dalla dimestichezza assoluta che dimostrano nei confronti di sgabelli, lucchetti, bagni, saune eccetera, vengono in questo tempio del benessere da anni e anni. E allora com'è che sono ridotte in quello stato? Com'è che debordano di ciccia, rotoli, pieghe molli, disfattismi? Se anni di palestra ti fanno diventare così, non è più gradevole ottenere lo stesso risultato frequentando tre volte alla settimana la pasticceria Accornero? Certo, ci sono anche le altre. Quelle snelle, sode, deliziose. Ma quelle hanno ventitré anni e magari alla Pantera si sono iscritte la settimana scorsa. E una delle più snelle, più sode e più deliziose proprio in questo momento mi fa grandi cenni dal bordo della piscina. Guardo meglio che posso tenendo conto che ho gli occhialini, e riconosco Rebecca, la figlia di mia cugina Sofia. Mi avvicino.

«Hai finito?» mi chiede lei. È in tutina fucsia, pronta per una lezione di dance qualcosa.

«Veramente no. Mi mancano dieci minuti».

«Sbrigati, dai. Ti aspetto al bar. Devo assolutamente parlarti, e volevo farlo in un posto senza spie».

Addirittura. Completo la mia mezz'ora di nuoto senza tregua, faccio la doccia più veloce che ricordi, e raggiungo Rebecca, che sta seduta al bar della Pantera, davanti a tre vasetti di yogurt vuoti.

«E sbrigati! Tra un quarto d'ora ho la lezione!»

«Saltala. A che ti serve?»

«A migliorare la mia espressione corporea».

«Non mi sembra che ci siano larghi margini di miglioramento».

«Ce n'è, ce n'è. Costanza: sono mortalmente preoccupata per mia madre».

Ha completamente sclerato.

«Sì... mi ha detto qualcosa Carolina... ti riferisci a Torment, vero?»

«Per favore, di': Ugo. Ugo fa già abbastanza schifo, ma Torment è proprio insostenibile».

«Credevo che tu e Tommaso lo veneraste come Maestro...»

«Tommaso lo venera un po'. Ma sempre meno. E se riesco a finire di lavorarmelo, lascerà la sua stupida scuola e in autunno ci iscriviamo insieme alla Paolo Grassi di Milano».

«E l'università?»

«Niente. Non la voglio fare. Voglio fare l'attrice a tempo pieno, nei musical. Visto che so anche ballare e suonare il basso, dovrei esser avvantaggiata... Ma lascia perdere, okay? Dobbiamo parlare di mamma. Gli ha dato dei soldi...»

«Lo so... me l'ha detto Carolina. Sai quanti?»

«No, e non voglio saperlo. Lui le ha detto che gli servono per comprare i diritti di una commedia americana, di questo autore che va fortissimo, McNally. Così poi la mette in scena, diventa famoso eccetera».

«Ma non doveva diventare famoso col video?»

«Meglio due possibilità, dice lui».

«Senti qua. Il video chi lo paga?»

«Noi».

«Noi chi?»

«Noi allievi della scuola. Ci siamo autotassati».

Splendido. Compro un altro yogurt per Rebecca e un caffè per me».

«E non basta. Vogliono andare via insieme. Fare un viaggetto. Una settimana a Portovenere».

Eh già, certo. A Portovenere. Dove, guarda caso, Sofia ha una piccola casetta. Non è che la porta a Ischia a sue spese, il caro Ugo.

«Ma il peggio di tutti i peggi è che lui sta anche con una della scuola... Nadiana... l'ho scoperto per caso... anzi, li ha visti Tommaso, che uscivano da casa di Nadiana alle quattro del mattino».

«E cosa ci faceva Tommaso davanti a casa di Nadiana alle quattro del mattino?»

«Tornava da casa mia».

Ah.

«E allora? Cosa vogliamo fare? Magari, se abbiamo

un po' di fortuna, questa Nadiana spiffera tutto a tua madre».

«Non credo... ho paura che Ugo se la sia intortata con storie tipo tu sei il mio vero amore e quella mi sgancia i soldi... che poi magari è anche vero».

«Se ti azzardi a unire nella stessa frase i termini 'vero amore' e 'Ugo', ti diseredo».

«Sono la tua erede?»

«Forse. Se ti comporti bene».

ORE 20.30. CASA DI BIBI

Cena delle Cugine. L'ultima a ranghi completi, prima che Bibi parta per il Canada. Ieri ho finalmente parlato con Nigel. Tremava di terrore. L'idea di resistere a Bibi con la virile fermezza che caratterizza gli stuntmen non lo sfiora neanche.

«Lo sai com'è tua cugina. Non si ferma. Davanti a niente. Lei viene qui come uno scacciasassi e ci rovina».

«Schiaccia. Non scaccia sassi. Schiaccia».

L'italiano di Nigel, oltre a curiose pause ronconiane, ha scarti di fantasia molto seducenti. Non so perché lo correggo. Probabilmente perché sono pedante di natura.

«Non so come fare, Constance. Rosa piange tutto lo giorno e tutta la notte.

«E i bambini?»

«Non sanno ancora che arriva. Sai, loro di questa mamma in Italy hanno fatto una leggendaria. Per loro è Rosa la mamma. E poi c'è questa signora che scrive.

Molte lettere, molti pacchi. Dentro i pacchi, cose stupide. I bambini ride. Tra poco non ridaranno più»

«E dai, Nigel, sii uomo! *Be brave!* Mettila al suo posto. Dille che tu, Rosa e i bambini siete una *family*. Che tu ami Rosa».

«E se si vuole prendere i kids?»

«Andiamo, Nigel... la conosci... una volta che li ha portati al cinema e da McDonald's non sa più cosa farsene, dei *kids*».

Ma non l'ho consolato. E stasera siamo qui, in questa casa beige che mi sembra veramente inadatta ad accogliere due bambini. Da quando si è fatta prendere la mano dalla new age Bibi, che come vi ho detto è l'unica di noi seriamente ricca, ha rinnovato completamente l'arredamento, e intorno a me si espande una sabbiosa distesa di canape écru, legno grezzo, pino non trattato, cotone egiziano come mamma l'ha fatto, rame, coccio, terraglia, divani di iuta e tante, tante candele. Candele di cera d'api, ancora a forma di alveare, con le cellette esagonali, candele profumate e candele mangiaprofumi, che combattono con le precedenti una silenziosa e feroce battaglia. In quanto al cibo, ce lo siamo portato noi, perché Bibi, dopo il famoso exploit degli zucchini, ha ripreso a nutrirsi di yogurt, granaglie, cuori di bambù e altri cibi che crescono nelle scatole, nei barattoli e nei pacchetti. Le sue pentole brillano in uno scaffale, immacolate e intatte. L'unico leggermente annerito è il bollitore, che usa per prepararsi tisane di qualsiasi cosa tisanabile. Dove però la casa è preparata, fornita e interessante è nel settore alcoolici. Sul carrello apposito brilla di tutto, dalla crème de menthe alla tequila. Mentre spacchettiamo i nostri contenitori, Bibi prende la bottiglia di liquore al caffè, la vodka e due confezioni di panna fresca, e ci fa provare il White Russian. Noi pensiamo a Jeff Bridges nel *Grande Lebowski* e buttiamo giù.

Irene ha portato una teglia di lasagne, fornita dalla zia Margherita. Che sia benedetta. Io ho portato le uova ripiene, e Sofia un catino di crema Chantilly, un'altra delle glorie di famiglia. Miracolo: ha ripreso a cucinare?

«No... l'ha fatta Rebecca. Io non ho tempo. Dovevo dare gli ultimi tocchi ai costumi. Sai, stasera stavo quasi per non venire. Ugo era talmente agitato».

Già, domani sera giriamo *Cinquanta in un velodromo: a study*. La capisco. Scommetto che la moglie di Kubrick non è uscita, la sera prima che iniziassero le riprese di *Arancia meccanica*.

«Ma lui ha insistito perché tu venissi, vero?»

«Sì. Dice che devo mantenere intatta la mia autonomia. Che siamo due muri paralleli e non convergenti e insieme sosteniamo il soffitto del nostro amore».

Splendida metafora. A cui risponderei così: 'Devi mantenere intatta la sua autonomia ma non il tuo conto in banca, noto. E in quanto a quello che sostiene il suo muro questa sera, a occhio e croce punterei sui cinquantacinque chili di Nadiana'.

Invece, rispondo così:

«Ah. Bello».

Coniglia. Veronica è arrivata in ritardo. È pallida, ma la quiche lorraine che ha portato è impeccabile. Stasera è lei al centro della riunione. Veramente volevamo parlare di Bibi e del suo viaggio, unendoci in un supremo sforzo cuginesco per dissuaderla, ma la situazione di Veronica si è conquistata la vetta della classifica. Se abbiamo capito bene dall'incrocio di telefonate di questi giorni, potrebbe molto presto entrare anche lei nel magico mondo delle cugine disastrate. Suo marito Eugenio, infatti, non le rivolge più la parola, né nient'altro. Pare che il loro ultimo dialogo degno di questo nome si sia svolto il giorno in cui è arrivata Sailor Maria. Lui le ha chiesto che cosa avesse intenzione di fare. Veronica ha risposto che aveva intenzione di tenerla, aver cura di lei, amarla e proteggerla. Lui ha detto:

«Quindi non pensi di portarla in un Istituto?»

«No. Non me lo sogno neanche».

«Guarda che è illegale».

«No. Me l'ha affidata suo padre. Abbiamo un numero di cellulare a cui rintracciarlo...»

«A chi l'ha rubato?»

«Non saprei».

«E i nostri bambini?»

«Eh... ho detto che dovevamo tenere questa bambina piccola per un po', finché suo papà non tornava a riprendersela... ognuno ha reagito a modo suo... Gabriele era felice... sai che lui vorrebbe un'altra sorellina... Miranda mi ha solo chiesto dove avevo intenzione di metterla, e saputo che non era in camera sua, si è rilassata. Ah, no, mi ha chiesto anche se poteva lo stesso sentire i cd forte. Pietro si è messo a piangere, Betta mi ha chiesto perché si chiamava Sailor Maria, e se diventava la mia bambina come lei, ed esattamente quanti mesi aveva. Insomma, tutto regolare. Direi che nel giro di qualche giorno la situazione si normalizzerà. Cioè, non è come se gli avessi detto che stava con noi per sempre».

«E quanto pensi che starà, con noi?»

«Non so. Suo padre non è che sia stato tanto preciso».

«Dove la vuoi mettere?»

«Per adesso in camera nostra, che ne dici? Ha bisogno di tanta vicinanza... deve assorbire la scomparsa del papà. E l'arrivo di una mamma!»

Dopo di che, Eugenio è uscito dalla stanza, e da quella sera le parla solo davanti ai bambini. E non la tocca più.

«Ti toccava molto, prima?» chiede Irene, con soave distacco, mentre condisce l'insalata, e noi tutte tratteniamo il fiato. Forse sta per sollevarsi il velo sui Misteri del Sesso in casa Barra. Forse, penso io privatamente, perché della mia ipotesi non ho fatto parola neanche alle cugine, forse Veronica si deciderà a confessarci il suo amore impossibile per Giulietta, e la passione colpevole che da anni unisce Eugenio al suo collega dottor Renato Lorno, di microchirurgia.

E Veronica parla:

«Normale, direi. Bibi, dove hai trovato quelle bellissime tende?»

Ecco fatto. Dove si conferma ancora una volta che Veronica, in quanto cattolica, è furba. Uno degli argomenti a cui le cugine in branco non sanno resistere è quello che potremmo genericamente definire 'telerie'. Tovaglie, tende, lenzuola, stoffe per i divani, scampoli e ritagli. Tutte frequentiamo un impressionante negozio nel centro storico della nostra città, dove enormi rotoli e tubi di stoffe si affastellano fin sulla soglia e a volte leggermente oltre a lambire il marciapiede, e ingombrano banchi, scaffali e scale a chiocciola, verso altre stanze misteriose dove si accumulano altri rotoli pericolanti, in una confusione che ci mette la pace nel cuore. Lì, le sorelle Botto e le loro discendenti e consanguinee si aggirano misurando pezze a fiori, sontuosi lini a limoni, stoffe rosse trapunte per le tovaglie di Natale, cotone leggero a mazzetti di lavanda per le tendine del bagno. Basta citare un qualsiasi pezzo di stoffa per uso domestico, e un argomento limitato come il sesso viene istantaneamente rimosso dalle nostre teste.

Così, quando finalmente riprendiamo il discorso, nessuna si ricorda più esattamente dove l'avevamo lasciato. E infatti Sofia, che ormai si atteggia a migliore amica dell'uomo, affronta l'argomento da tutta un'altra angolazione.

«Ma insomma, hai provato a parlargli tu? Voglio dire, è normale che sia sciocCato. Una sera se ne arriva dal lavoro, e si trova in casa la figlia di una coppia di drogati...»

«In più parecchio bruttina» rincaro la dose.

«... Piazzata stabilmente in braccio a sua moglie... È logico che sia perplesso».

«Non è perplesso. Fosse perplesso, figurati, capirei. È tranquillissimo. Ha deciso che, se io tengo la bambina, lui mi ignora. Punto».

«E con lei com'è?»

«Ignora anche lei».

«E stasera? Per uscire l'avrai lasciata a lui».

«No... è uscito anche lui. Non so neanche per andare dove. C'è Giulietta, a casa mia. Prima di uscire ho messo a dormire Maria, e speriamo che non si svegli... è talmente spaventata e confusa che sta tranquilla solo con me».

Ecco l'occasione che aspettavo!

«Giulietta? Ti fa da baby sitter?»

«Sì... poverella, si prodiga in quattro... non so come farò quando partirà».

Eh eh... ci siamo...

«E dove va?»

«In Inghilterra. Suo marito fa l'amministratore di

tenute, e l'ha assunto un lord, non so più chi. Vanno a vivere nel Devon».

«Per sempre?»

«Sempre... non so... un bel po' di anni, credo».

Be', certo che non sembra per niente turbata. Decido di uscire un po' allo scoperto.

«E tu? Come farai senza Giulietta?»

Veronica alza le spalle.

«Ci scriveremo. D'altra parte lei fa bene ad andare. Non hanno figli, per ora, e lei e Giorgio sono talmente uniti...»

Lo dice con il tono nostalgico di una che unita non è, e capisco che la mia seducente ipotesi saffica va cassata. Torniamo a Eugenio...

«Torniamo a Eugenio. Dagli un po' di tempo...»

«E intanto» è sempre Sofia che difende i diritti dell'uomo, «fagli sentire tutto il tuo amore. Dimostragli che questa bambina non rovina la vita della vostra famiglia... provaci...»

«Sì, provaci» approva Bibi. «Ce l'hai un tanga?»

È evidente che ha esagerato con i White Russian. Ci precipitiamo a farle mangiare qualcosa.

ORE 00.45. CASA DI BIBI

Veronica è andata via. Aveva promesso a Giulietta di non fare tardi, e a mezzanotte ha smontato. Ma prima di uscire, quando era già sulla porta, ha lanciato la sua bomba. Ci guarda e fa:

«Comunque non preoccupatevi. Se entro un paio di giorni Eugenio non torna normale, ne parlo con Vittorio».

Esce, e chiude la porta, ignorando la nostra reazione.

Naturalmente i 'Chi è Vittorio?' si sprecano, come pure i 'Ma tu lo conosci questo Vittorio', 'Aspetta... mi pare che una volta mi avesse nominato un certo Vittorio...', 'Vittorio... non sarà mica quel tipo che la corteggiava al liceo?'

Niente. Non ne veniamo a capo. Aggiorniamo Veronica, e ci concediamo un secondo giro di White Russian, comodamente appoggiate ai cuscini di seta color burro.

«Ti mancheremo, in Canada?»

«Come l'aria. Ma io mi sento che torno. Che torniamo, cioè. Prendo Nigel e i bambini e me li porto a casa».

«A ogni modo, ti mando una copia della cassetta».

«Che cassetta?»

«Quella del video!»

«Ah già, il video...»

«Ah, a proposito, Sofia, guarda che io non so se vengo, domani sera».

«Ma Irene!»

«Mi è venuto in mente che se per caso Marco lo vede potrebbe cercare di togliermi Oliviero».

«Sei pazza? Mica è un video porno».

«Però ballo, in body, con delle strisce rosse che mi svolazzano intorno. Per Marco basta e avanza. È capace di citarmi per prostituzione occulta. Finché non abbiamo firmato la separazione è meglio se partecipo solo a video su Maria Goretti».

«Be', in quanto a castità non scherzi neanche tu. A proposito, come va con Andrea?»

«Usciamo, ogni tanto...»

«E basta? Nel senso che uscite e state fuori?»

«Mmm... non sempre. Il guaio è che anche quell'altro mi tampina».

«Giacomino Colongo?»

«Lui. Non me lo spiego. Per anni gli uomini mi hanno evitata come una lebbrosa con l'AIDS, e adesso di colpo ne ho due che mi stanno dietro».

«Hai smesso di essere respingente. Prima ti evitavano solo perché eri amabile quanto un rottweiler».

«Guarda, Irene, è verissimo. Sapessi come mi sento cambiata io, da quando sto con Ugo...»

Cambiata è cambiata, la nostra Sofia. Tanto per cominciare, trascura il coro, non ci va quasi più, e lascia nel loro brodo senza un fremito di rimorso tutti gli altri soprani o contralti o quello che sono. Non solo, ha ammesso finalmente che il baritono Alfredo è gay. La fine di un'epoca. E a questo sinistro mutamento morale corrisponde un altrettanto deciso mutamento fisico. A parte i capelli arancioni, indossa lunghi sari coloratissimi, oppure gonne di vellutino color mirtillo, e per la prima volta in vita sua fa abbondante uso di profumo. Vaniglia. Dev'essere Poison.

«Ti metti Poison, Sofia?»

«Sì... Ugo voleva regalarmelo, e così me lo sono comprato io per non farlo spendere».

Geniale. Ma purtroppo le viene un'idea.

«Magari lo chiamo... poverino, sarà ancora lì a studiare le inquadrature...»

'Lì' è la misteriosa casa di Ugo Torment, dove Sofia non ha mai messo piede. Lui le ha detto che è uno squallido buco indegno di lei, ma è opinione diffusa tra le cugine che ci conservi un paio di gemelle bulgare.

«No!» ci precipitiamo tutte a dissuaderla. «No... lascia perdere... non chiamarlo...»

Siamo tutte assolutamente certe che in questo momento Ugo non sta studiando le inquadrature.

«Perché?»

Già. Perché? Ci penso io.

«Lascialo sedimentare. Deve bere fino in fondo la feccia della solitudine per capire quanto ha bisogno di te».

Se la beve, e non lo chiama. Lo sapevo: sono le stesse idiozie che racconto a me stessa da sedici anni.

ORE 11.00. CARTA E CUCI

I giornali li compro sempre lungo la strada fra casa e Carta e Cuci. Non è una strada lunga, e la faccio sempre a piedi. Stamattina sono quella che apre: ieri sera abbiamo girato il video (sull'argomento, sorvolerei con decisione) e Carolina e Sofia hanno deciso di dormire un po' di più. Specialmente Sofia, che ha vissuto la penosa esperienza con una partecipazione emotiva quasi letale. Io stavo in ultima fila, a stento mi muovevo, e mi sono stancata poco, perciò non mi importa di attaccare per prima. Anche perché il nostro è uno di quegli insopportabili negozi snob che aprono alle dieci del mattino e che io personalmente detesto. D'altra parte, non ho le competenze per aprire una panetteria e soffro troppo il freddo per tenere un banchetto al mercato, quindi. I giornali li compro, li arrotolo, li infilo nello zaino e me li leggo poi con calma alla prima occasione.

La mattinata procede con calma. Entra una ragazza che vuole del filo DMC in tutte le sfumature del rosso.

«Magenta, scarlatto, fragola, rubino, cherry brandy,

bloody Mary, rouge passion, ceralacca, corniolo, rosso cardinale, rosso geranio, carminio, rosso lanterne rosse» elenca a memoria. «E un pezzo di tela Aida».

«Grande come?»

«Non so. Vorrei ricamare un cuore e cucirlo su un cuscino».

«Abbiamo le fodere per cuscino già fatte, in tela Aida, pronte per il ricamo. Se preferisce».

L'affare va in porto. Il cuore lo vuole ricamare per regalarlo al fidanzato per San Valentino. Le faccio notare che al prossimo San Valentino mancano circa otto mesi.

«Eh, ma ci vuole tempo, sa... non è che posso stare tutto il giorno a ricamare».

E se di qui a lì il fidanzamento finisce?

Alza le spalle. Prima o poi, a un qualche San Valentino del Terzo Millennio, un fidanzato a cui regalare un cuscino con un cuore ricamato ce l'avrà, no?

Concordo.

Poi entrano una nonna e una mamma che cercano piatti, bicchieri e tovagliolini di carta per il battesimo del bebè. La nonna scova un set ad angioletti.

«Ludovica... guarda che amore questi... per un battesimo sono perfetti... cos'è, Della Robbia?»

«Io preferisco questi».

L'infelice Ludovica indica dei piatti rossi con disegnata una vistosa gallina bianca e gialla. La nonna inorridisce.

«Ma sei pazza? Sono talmente kitsch! Ti sembrano adatti a un battesimo?»

«Sì. C'è la gallina e l'uovo, no? Io sono la gallina e Riccardo è l'uovo. Mica siamo angeli».

Discutono a lungo. Alla fine comprano dei piatti blu

con il bordino dorato. Islamici, nella loro assenza di figure umane, animali o angeliche. Peccato.

Nel frattempo, mentre loro litigavano, ho venduto un arazzo prestampato che raffigura la prigionia di Anna Bolena, sette metri di nastro di taftà scozzese, un quaderno per ricette e un set di scatole a forma di casette che da solo basterebbe a farci quadrare il bilancio fino a stasera. A mezzogiorno arriva Carolina. Adesso fra lei e Lorenzo va tutto bene, anche se alla domanda: ma allora lo ami? Risponde con una smorfia tipo quella di una bambina piccola a cui sia stato chiesto:

TI PIACE COME SI MANGIA ALL'ASILO?

Carolina mi spedisce al bar. Merito una pausa, dice, e tanto dovrebbe arrivare subito anche Sofia...

Ed è per questo che alle 12.15, seduta nel dehors del bar Elena, apro *Il Venerdì* di *Repubblica* e come ogni settimana volo senza esitazioni a 'Questioni di cuore' di Natalia Aspesi. Quanto mi piace! La prima lettera è di una moglie felice, entusiasta di suo marito ma morbosamente ed eroticamente legata a un compagno di scuola del figlio, anni diciassette. Carino. Già visto, ma carino. Ma è la seconda lettera che, a dir poco, mi colpisce.

'Sono un uomo fortunato di 45 anni, aspetto gradevole, sposato, tre figli, un lavoro gratificante. Sembrerebbe una buona situazione esistenziale, e invece per me si sta trasformando in un incubo. Sono sposato da vent'anni, e ho cominciato a tradire mia moglie due mesi dopo il matrimonio. Lei si è presa come massimo impegno coniugale quello di far finta di niente, e lo svolge con una perfezione esasperante. Inutili ritardi, amnesie, sguardi vaghi, menzogne lampanti: niente, lei non sa, non capisce, non vede. E quindi io non la lascio. Anche se nel frattempo mi sono innamorato davvero un paio di volte, e ho atrocemente sofferto al momento di chiudere. In-

tanto, porto avanti da sedici anni una relazione con una brava ragazza che ancora fa finta di credere che un giorno la sposerò. Il motivo per cui ti scrivo, cara Natalia, e perdonami se ti do del tu ma siamo colleghi, e ci conosciamo anche personalmente, anche se non mi firmo col mio vero nome, il motivo per cui ti scrivo è semplice e inconsueto: voglio che mia moglie legga questa lettera e non possa più far finta di non sapere. Voglio che mi costringa a lasciare lei, o la mia antica fidanzata, o tutte e due, per dedicarmi con matura incoscienza alle ventenni che brulicano nella redazione del mio giornale... perché devo accontentarmi di fare l'adultero con una specie di Meg Ryan quando mi girano intorno tante piccole divine fanciulle?'

Possiamo fermarci qui. La lettera va avanti ancora, e segue naturalmente spiritosa risposta, ma per quanto riguarda me, 'una specie di Meg Ryan' è ampiamente sufficiente. Abbandono il mio Campari a metà e mi concedo qualcosa che in sedici anni avrò fatto al massimo dieci volte. Infilo la mia carta telefonica nel più vicino parallelepipedo arancione e chiamo Alex al giornale.

«Non c'è» mi informa il suo collega Balfiotti. «È uscito cinque minuti fa di corsa. Credo l'abbia chiamato sua moglie».

Che faccio? Lo chiamo sul cellulare? Ho la proibizione assoluta di chiamarlo sul cellulare. Il cellulare è pericoloso come le fiamme dell'inferno. Non sai mai dov'è, chi lo tiene, chi lo sente, chi c'è lì vicino. Si sa di uomini che, per essere stati chiamati al telefonino dall'amante, hanno visto la loro famiglia sgretolarsi come un castello di briciole. Ma ormai sono preda del vento autolesionista che governa i kamikaze. Lo chiamo.

«Alex, sono Co...»

«Ah! Brava. Complimenti. Bella impresa. Strega schifosa».

«Ma cosa... cosa dici?»

«Hai voluto fare la furbata, eh? Molto astuta... peccato che ti è andata male... anche se Gloria mi sbatte fuori casa, tu non mi vedi più, capito?»

E attacca.

Richiamo.

«Spiegami se no mi metto a urlare in mezzo alla piazza che sono l'amante di Alex Varetto».

«Spiegarti cosa? Pensi davvero che non l'abbia capito, che l'hai scritta tu, quella lettera? Cretina!»

«Alex, e tu pensi davvero che se l'avessi scritta io mi sarei definita una specie di Meg Ryan?»

Segue pausa. Alex ha tanti limiti, ma non è stupido.

«E allora chi l'ha scritta?» mi chiede.

«Veramente io pensavo proprio che l'avessi scritta tu».

«Ma sei scema? Sei pazza? Io sono rovinato, adesso. Hai capito? Ro-vi-na-to».

E attacca di nuovo.

Questa volta non lo richiamo.

ORE 3. CASA MIA

Dove sono le mie cugine, nel momento del bisogno? Mio? Del mio bisogno? Dove sono? Sparse ai quattro venti, ecco dove sono, e non una che si preoccupi di me, sospesa sull'orlo del baratro. Da quattro giorni, Alex le sta tentando tutte per convincere Gloria che quella lettera: A) non l'ha scritta lui. B) È un cumulo di falsità e menzogne perché lui, anche se qualche misera volta le è stato infedele, ama lei, soltanto lei e per sempre lei. Nel frattempo, ne sta tentando ancora di più per scoprire chi ha veramente scritto la lettera. Sospetta di chiunque, mentre la verità è tanto evidente: l'ha scritta proprio Gloria, per mettere in moto il ben oliato meccanismo che la porterà a schiacciare Alex una volta per tutte. Lo farà strisciare il giusto e poi lo perdonerà, e lui dopo questo spavento rinuncerà per sempre all'amore, tranne magari qualche seduzione via Internet quando Gloria è dall'estetista. Mi viene da piangere. Ah, quanto avrei bisogno di sviscerare a fondo l'argomento con le cugine! Pur di convincere loro, forse riuscirei a convincere anche me stessa che questa è la volta buona, e che le cose tra Alex e Gloria non si aggiusteranno. Invece niente, l'argomento mi tocca sviscerarmelo da sola, in piena notte, ingurgitando il mio pappone preferito di latte, caffè e pandoro (grazie al cielo ho trovato una torrefazione che vende il pandoro anche in maggio). Perché le cugine, i pilastri della mia saggezza, sono troppo prese dalle loro inutili faccende personali per badare a me. Bibi ha chiamato Irene da Vancouver, e le ha comunicato che Nigel è ingrassato, il clima è spaventoso e i bambini hanno urgente bisogno di farsi raddrizzare i denti. Dice che ci farà sapere di più per e-mail, peccato che nessuna di noi ha l'e-mail e a stento sappiamo cos'è. Irene stessa ha acconsentito a trascorrere un weekend d'amore con Andrea, ma non ha voluto saperne di seguirlo a Porquerolles. La settimana prossima lei e Marco firmeranno la separazione, e fino ad allora la sua vita dev'essere deserta come i Tartari.

«Ma scusa» le ho detto qualche giorno fa al telefono, «allora rimanda il weekend d'amore a dopo la firma».

«Non posso... Andrea insiste... dice che se gli dico di no va via con la sua collega, che gli fa gli occhi dolcissimi».

«E che razza di rapporto è, il vostro? Ti lasci ricattare così?»

«Certo».

«Ah».

«Perciò gli ho detto, niente Porquerolles, il weekend d'amore lo facciamo al Royal Park».

«Sei scema?»

«Almeno ogni tanto posso fare una scappata a casa a controllare che sia tutto a posto e a salutare Oliviero. Lo lascio con la mamma, ma sai com'è... in questi giorni ha due linee di febbre e mi spiace abbandonarlo».

Abbandonarlo? Il Royal Park è un albergo esattamente davanti a casa di Irene. Se Oliviero starnutisce, al Royal Park gridano 'salute!' tutti insieme. Non so perché, ma questo weekend d'amore lo vedo malino. E molto peggio ancora vedo l'intera settimana insieme di Ugo Torment e Sofia, che ha chiesto a Carta e Cuci un po' di ferie per svuotare fino in fondo la coppa dell'amore. Naturalmente la svuoterà a Portovenere, e già mi immagino come: Torment sdraiato a riprendersi dalle fatiche della creazione artistica, e lei a cucinare, pulire, portarlo a passeggio e comprargli maglioncini di cachemire come ricostituente.

In quanto a Veronica, è passata ieri in negozio con tutti i suoi figli, compresa Sailor Maria, che mi è parsa molto migliorata: è sempre bruttina ma non è più verde, e sta appiccicata a Veronica con l'aria beata di un porcellino nel fango. Veronica mi ha detto che Eugenio continua a non rivolgerle la parola, ma che c'è qualcuno che le dà speranza e conforto. Era l'occasione giusta per tirar fuori questo misterioso Vittorio, presumibilmente la fonte della speranza e del conforto, ma proprio in quel momento sua figlia Betta ha sfilato le chiavi dalla borsetta di una cliente, e Vittorio mi è passato di mente. Così, nessuna ha tempo per me, e tanto meno Carolina, che non sopporta più le storie d'amore. Dice che sono una componente della vita molto sopravvalutata. Eh già, certo, penso rimestando il pappone, facile dire così quando si sta con uno come Lorenzo. Penso a lui, al suo sorriso leggero, a ieri che l'ho visto in bicicletta, e l'ho riconosciuto da lontanissimo. Meglio sarebbe pensare ad Alex, e infatti mi sto concentrando su di lui quando suona il telefono. Alle tre del mattino? Chi sarà?

«Costanza?»

«Ehi».

«Eri sveglia, vero? Pensavi a me?»

«Ero sveglia. Stavo quasi per pensare a te. E tu? Dove sei?»

«Da Irma».

Irma è sua sorella, che lo ospita da quando Gloria l'ha buttato fuori. Almeno, a me ha sempre detto che è sua sorella, ma non si somigliano per niente e io certificati di nascita non ne ho mai visti.

«Novità?»

«Eh sì, direi proprio di sì. Grandi novità, amore mio».

Amore mio?

«Alex... che succede? L'ultima volta che mi hai chiamata amore mio c'era ancora il governo Craxi...»

«Succede che con Gloria ho chiuso. Che mi sono stufato di implorarla, quella stronza di merda. E succede anche che Irma non mi può più ospitare. Perciò quando torno da Roma vengo a vivere con te».

«Quando cosa?»

«Torno da Roma. Parto domattina, per l'intervista a Verdone. E quando torno vengo da te... mi vuoi?»

«Alex... dai... non prendermi in giro...»

«Però ci troviamo presto un'altra casa, tutta per noi... non mi va di vivere nel Paese dei Balocchi...»

Uffa, solo perché ho la casa di Barbie, qualche casetta di Lego, e il libro di *Boscodirovo* che si apre e diventa praticamente *Boscodirovo* in scala 1:1.

«Certo, Alex. Tutto quello che vuoi. Sono sotto choc».

«Lo so, piccolina. Stellina mia. Tutta questa pazienza, che hai avuto...»

Parliamo d'amore per mezz'ora. Quando riattacco, sono quasi le quattro, e ho un intero set di coltelli che mi squarciano lo stomaco. Senza neanche sapere quello che sto facendo, formo il numero di Carolina.

Mi risponde Lorenzo.

«Sono Costanza... scusa... lo so che sono le quattro ma ho bisogno di parlare con Carolina».

«Non c'è. Mi spiace. Posso servirti io?»

«Non c'è!? Ma sono le quattro! Allora non ti ho svegliato...»

«Perché allora?»

«Perché sei sveglio ad aspettare Carolina».

«Diciamo di sì. Non è esattamente così, ma ci va vicino. Carolina è uscita con Roberto, sai, quel diret...»

«...tore della fotografia con cui... con cui si vedeva qualche anno fa. Non stava a Roma?»

«È qui di passaggio, le ha telefonato e sono andati ai Murazzi».

I Murazzi: una striscia di locali lungo il fiume dove va soltanto chi vuol fare l'alba.

«Ah, be'. Se andavano ai Murazzi è normale che non sia ancora tornata».

«Grazie, Costanza. Sei sempre gentile. E tu? Che succede? Com'è che telefoni in lacrime a quest'ora?»

«Non credevo di essere in lacrime».

«Ti inghiotti i singhiozzi».

«È perché... perché... Alex».

«Oh, Alex... certo. Che ha fatto?»

«Vuole venire a vivere con me».

Lorenzo trattiene il fiato. Sono riuscita a stupirlo, il maestro dell'aplomb.

«Ah sì? E come mai?»

«Perché con sua moglie non la aggiusta più... e sua sorella non può mica ospitarlo per sempre».

«Ho capito. Motivazioni forti. E quando arriva? Adesso?»

«No, fra tre o quattro giorni. Deve andare a Roma a intervistare Verdone».

«Non ha una vita facile, quell'uomo. E allora? Perché piangi? Non sei felice?»

«Senti... vuoi che attacco, così Carolina trova libero se chiama?»

«No. Lasciamo pure che trovi occupato».

«Ecco! Fai come col bacio... mi sfrutti».

«Hai avuto questa impressione?»

«Certo! Mi hai baciata per farla ingelosire e adesso tieni occupato per farle rabbia. Guarda che io non voglio essere utile!»

«Infatti non lo sei. Anzi, comincio a trovarti parecchio dannosa. Vuoi dirmi cosa c'è che non va? Non sei felice? Finalmente il tuo grande amore viene a vivere con te... cos'è, un attacco di panico?»

«No... è un attacco che improvvisamente ho capito che non lo voglio. Non lo voglio nella mia casa. E in realtà neanche lui mi vuole nella mia casa, perché dice che sembra il paese dei Balocchi e vuole che ne cerchiamo un'altra per noi e so già che non vorrà la casa di Barbie...»

«È comprensibile, Costanza. A molti uomini non piacciono particolarmente le case di Barbie».

«A te?»

«La tua non l'ho ancora vista».

«Cosa c'entra se è mia o no?»

«Niente. Dunque, si tratta di scegliere tra Alex e la casa di Barbie?»

«Oh, Lorenzo...»

Non so come mi viene fuori, quel 'Oh, Lorenzo...' ma deve avere qualcosa di sbagliato, perché lui sta zitto. Anche io sto zitta. Poi però lui parla.

«Costanza... sento la chiave nella porta. Credo che sia Carolina...»

«Okay, ciao. Salutamela».

Butto giù. A che serve? Cosa può capirne, chiunque, di quello che provo? Solo una cugina potrebbe capirmi, ma prima di dire a una qualsiasi cugina che non voglio Alex in casa mi faccio scorticare come un santo medioevale. Dopo tutto, loro da sedici anni vanno avanti a dirmi che Alex non va bene per me. Mai potrei dargli la soddisfazione di ammetterlo. E poi non lo ammetto. Alex va bene per me. Lo adoro. È qui in casa che non va bene. Non si adatta alle mie teiere, alla mia Madonnina luminosa, alla trapunta sul letto, alle piante sul mio terrazzino.

Suona il telefono.

«Costanza».

«Oh, Carolina... accidenti... non volevo che tu mi richiamassi a quest'ora».

«Shh... mi serve... finché parlo con te, eludo Lorenzo».

«Non ti sente, adesso?»

«No. Sono chiusa in bagno col cordless».
«E le derivazioni?»
«Non lo farebbe mai».
«E allora? Cosa hai combinato con Roberto?»
«Non è quello».
«Comunque?»
«Comunque».
«Ah».
«Eh. Ma non sei tu, quella che piangeva al telefono? Lorenzo mi ha detto che Alex viene a vivere con te e tu non lo vuoi. Immagino che non abbia capito niente».

Le spiego che invece ha capito, se non tutto, almeno parecchio, e Carolina cerca di consolarmi. Dice che è panico tipo quello della sposa. Che domattina mi sarà passato. E comunque non puoi smaniare per qualcosa per sedici anni e poi fare storie quando finalmente ce l'hai. Ci vediamo domani in negozio.

Trovo Carolina molto severa. Nonostante questo, mi addormento di schianto, e non sento la sveglia.

ORE 16.30. IKEA

Non so se venire all'Ikea con Veronica è stata una buona idea. Intanto, va detto in generale che nessuna delle cugine è una straordinaria compagna di shopping. Essendo sostanzialmente, e ciascuna a modo suo, delle eccentriche, comprano seguendo criteri difficilmente condivisibili. Irene compra soltanto cose care, classiche e chic. Sofia compra a livello emotivo, ignorando qualunque esigenza del suo fisico, della sua casa o di sua figlia. Se è di buon umore, spreca quantità di soldi per, ad esempio, uno strabiliante mazzo di rose di seta.

Se è sardonica, compra una candela enorme a forma di castello di Chenonceaux. Se è depressa, non compra niente e mangia solo tonno in scatola. Veronica compra quasi soltanto cose blu. Bibi compra a grandi blocchi mentali che durano qualche mese. C'è stato il periodo Laura Ashley - stoffe a fiori - Cacharel - profumi alla vaniglia - album di Beatrix Potter - scarpine di vernice - eccetera. Adesso invece siamo in pieno periodo tute - Superga di lino - mobili in vimini - gioielli di gomma - candele - cyclette - incensi - eccetera. Si può andare a far compere con lei soltanto se per caso hai bisogno di qualcosa che rientra nel periodo del momento. Ad esempio, se ti servono fermagli per capelli e lei è nel periodo new romantic. Se invece hai bisogno di un frullatore e lei è nel periodo medioevale, sei fregata. Così io in generale esco con Veronica, perché il blu mi piace, anche se non con la sua quieta fissazione, e lei mi sembra adatta alla missione casalinga e familiare che mi sono accollata oggi. Il dolce dolore della convivenza con chi dividerlo, se non con lei? In più, ha lasciato con la signora che viene a stirare tutti i figli, tranne Sailor Maria che ci segue con l'entusiasmo della neofita. Il passaggio dalle precedenti condizioni di vita precarie all'esistenza in casa Barra l'ha completamente stordita. Sta appesa a mia cugina come un koala e quando arriviamo al reparto bambini dell'Ikea perde il lume della ragione. Si sdraia sotto una casetta a righe colorate e pare intenzionata a morire lì, felice. Ma io non sono qui per comprare mobili imbottiti rossi e gialli. Il mio scopo è acquistare un cassettone per la roba di Alex, in modo da farglielo trovare montato e pronto al suo arrivo. Veronica in questa occasione ha assunto un atteggiamento neutrale. Dice che comunque questa svolta è positiva, perché porterà da qualche parte, e lei sa già da che parte. Su mia richiesta, si è rifiutata di precisare, dicendo che non vuole rovinarmi la sorpresa.

«E comunque, se proprio vuoi comprare un cassettone, potevi andare in un negozio di design. L'Ikea non fa per lui».

«Ma fa per me. È già tanto che non gli faccio mettere i vestiti nella casa di Barbie».

Vorrei anche dirle, mentre facciamo una sosta al bar per prendere un caffè accompagnato da dolcetti svedesi, che potrebbe risparmiarsi di fare tanto la furba perché oggi l'ho vista. Sì sì. L'ho vista sulla porta di Sant'Agnese in compagnia del famoso Vittorio, ovvero Don Vittorio Salvi, il parroco. Anche se non vado mai in chiesa, ci ho messo poco a ricordarmi che si chiama così, e in un attimo tutto mi è stato chiaro. Siamo in pieno *Uccelli di rovo*! Insomma, lui non è che sia proprio uno schianto. È sui cinquantacinque anni, e questo è il meglio che si possa dire sul suo conto. Però è alto, e oggi la sovrastava con aria protettivamente sexy.

L'unica cosa che non mi spiego è la sua apparente mancanza di sensi di colpa. Una brava ragazza cattolica che tradisce suo marito con un prete dovrebbe avere occhiaie viola fino alle ginocchia. Invece Veronica è solo un po' pallida. Immagino che si confessi a lui, e lui la assolva subito dopo essersi rivestito.

La provoco.

«Di', e come va con Eugenio?»

Si illumina.

«Oggi l'ho sorpreso a sbucciare una banana a Sailor Maria».

«Non è che sperava che ci si strozzasse?»

«Non credo. Dopo gliel'ha schiacciata nel piattino».

«Però a te...»

«Non mi parla. Ma per un pelo ieri sera mi ha sorriso. Almeno credo. Quando gli ho messo nel piatto i piselli bruciacchiati, gli si è increspata la bocca. Sai, quando mi parlava mi diceva sempre che io i piselli li brucio con orgoglio».

'Quando mi parlava'... povera piccola.

«Vero, perché non lo mandi al diavolo?»

Abbasssa gli occhi sulla barchetta ai mirtilli.

«Passerà. Ho cinque bambini».

Per un attimo, mi sembra che stiamo tutte e due dentro una canzone di Elvis Costello. Di solito, lei abita in quelle di Paul McCartney, e io in quelle di Ramazzotti.

ORE 23.00. CASA DI OLGA

La mia ultima sera da single la passo alla festa di compleanno della mia amica Olga: sembra quasi una cosa simbolica, un addio al celibato. A Olga piace compiere gli anni vistosamente, e ogni volta trasforma la villa in collina in cui vive con il secondo marito in un parco giochi per adulti, perciò se voglio concedermi qualche ultima sconsideratezza giovanile, sono al posto giusto. Da domani, la mia vita cambia: niente più mezzanotte di Natale con mamma e papà, pensando a lui, niente più vacanze con le amiche, pensando a lui, niente più domeniche avvinta al Centogradi, pensando a lui. A partire da domani sera, non penserò più a lui, ce l'avrò sempre con me, e per la prima volta dopo sedici anni farò parte di una coppia! È una sensazione che mi stordisce. O è quella, o è la roba colorata che continuo ad assaggiare. Non bevo niente ma assaggio tanto. Allo stordimento contribuiscono, credo, anche i tacchi altissimi che stanno sotto le mie scarpette di vernice. Visto che è la mia ultima occasione di essere seducente senza scontarlo poi con una scenataccia a casa (Alex, come tutti gli infedeli, è gelosissimo), ne approfitto a man bassa. Calze nere, minissima color ghiaccio, top irrisorio di un tono più scuro. Trucco, capelli in piega, cattive intenzioni, non mi manca niente. Unico neo: gli uomini presenti a questa festa avrebbero dovuto tutti smettere di bere parecchio tempo fa. A parte Lorenzo, che però mi sembra di cattivo umore. Sarà perché oltre a lui e a Carolina Olga ha invitato anche il famoso Roberto? Il quale tutto fa meno che ripartirsene per Roma come dovrebbe? E invece continua a portare Carolina ai Murazzi e credo non solo lì? Se la psicologia femminile così come ce la raccontano le omonime riviste fosse attendibile, vedere un uomo che mi ha messa sottosopra nel ruolo di perdente tradito dovrebbe raffreddarmi parecchio. Invece mi fa solo pensare che Carolina non ha gusto: Roberto è un omone squadrato con la voce forte, tutto lì.

«Ehi, ciao» dico a Lorenzo, buttandomi sulla disinvoltura smemorata, uno dei miei cavalli di battaglia. «Scusami ancora per l'altra notte. Ho avuto una specie di crisi isterica. Adesso è tutto a posto».

«Lo vedo. Di nuovo felice?»

«Sì sì. Certo. E tu? Come va?» forse ho sbagliato a chiederglielo. Magari adesso scoppia a piangere.

Invece niente. Mi guarda male, ma a occhi asciutti.

«Bene. Tra un paio di giorni parto».

«Per?»

«Come devo risponderti? Con un motivo, un posto o un periodo di tempo?»

«Tutto».

«Parto per Londra, per chiudere i miei ultimi affari lì, e non so ancora per quanto tempo».

Sarà l'ultimo assaggio, un grumo verde vischioso di nome Grasshopper, ma butto al vento ogni discrezione.

«Ehi... cos'è, una fuga?»

«Una fuga... forse. Può essere. Dipende da che cosa».

Indico Carolina che sta ballando con Roberto. È bene che sappiate che in generale io detesto la gente che balla, se hanno più di venticinque anni. Non li sopporto proprio. I quarantenni che ballano mi mettono uno sconforto nel cuore che neanche le tigri allo zoo. Vorrei cancellarli con una gommina, vr vr vr. In più, Carolina balla con il suo amante di fronte al suo fidanzato. Improvvisamente, la mia cara amica di una vita mi appare crudele e volgare. Senza dar tempo a Lorenzo di rispondere al mio gesto, annuncio.

«Forse mi ritiro da Carta e Cuci».

«Sarebbe un gravissimo sbaglio. D'accordo, sei portata agli sbagli, ma questo sarebbe davvero troppo».

«Ehi. Guarda che lo faccio per te».

«Grazie. Se proprio vuoi fare qualcosa per me...»

Puntini puntini. Non finisce la frase perché Carolina, spostandosi alla velocità della luce, ci piomba addosso mentre ancora la vediamo ballare. Di conseguenza, mi viene un improvviso desiderio di andare a salutare Irene, che deve ancora farmi il resoconto del suo weekend di passione. Gli occhi li ha pesti, quindi dovrebbe essere andato tutto bene. Mi avvicino, la bacio, le chiedo come va e lei mi risponde:

«Sei mai stata a Baghdad?»

Di tutte le domande, basterebbe questa a identificarla come cugina.

«No, mai. Perché?»

«Ci vado venerdì. Secondo te lì in questa stagione ci sono molte zanzare?»

«Perché vai a Baghdad, venerdì?»

«Vado a passare un weekend romantico».

«Un altro? E come mai a Baghdad? Andrea si è specializzato in cammelli?»

«Andrea non c'entra. Ci vado con Giacomo».

«Giacomino?»

«Eh sì. Insiste così tanto che mi ha sfinita e gli ho detto di sì. In fondo, quando mai mi capiterà di nuovo l'occasione di andare a Baghdad?»

«E lui cosa ci va a fare? Non mi hai mai detto che lavoro fa. Ammesso che lavori».

«Si strugge di lavoro. Fa il dirigente della Banca Sella».

«Aprono un Bancomat a Baghdad?»

«Robe così».

«E Oliviero?»

«Giacomo insiste per portarlo con noi».

Provo rispetto per Giacomo. Avrà anche un'arachide di cervello, ma ha capito come funziona Irene: detesta lasciare suo figlio, però detesta anche stare a casa con lui, quindi lo lascia spesso, e per tutto il tempo ci sta male. Sembra stupido e complicato, e in effetti è stupido e complicato, ma Irene è fatta così, e la soluzione proposta dal nobile Giacomo è perfetta, non fosse per un particolare.

«Scusa, come fate a passare un weekend di passione con Oliviero dietro?»

«Alla sera gli diamo la lattuga».

«Eh?»

«La lattuga. Fa venir sonno. Quando era piccolo gliene tritavo dei chili nel passato di verdura».

Più conosco a fondo le madri, più mi rallegro di non condividere la loro quotidiana criminalità.

ORE 2.00. GIARDINO DI OLGA

Ormai ho assaggiato tutto l'assaggiabile, e me ne sto sbaraccata su un dondolo insieme a Carolina. Stranamente, se ne sono andati sia Lorenzo che l'altro, il direttore della fotografia, e Carolina sembra finalmente felice.

«Avevi ragione tu» mi dice masticando il diciottesimo, credo, cioccolatino al liquore, «il patchwork è un'idea fantastica».

«Mmm... fantastica».

«Sai come voglio farlo? Voglio prendere una vecchia coperta e due vecchi lenzuoli. Cucio la coperta in mezzo ai lenzuoli... mi segui?»

«Yeahhh...»

«Sei ubriaca?»

«Ma no, mi rilasso».

«Brava. Poi su uno dei due lenzuoli trapungo i pezzetti. Si dice 'trapungo'? Per arrivare al participio trapunta, dovrà pur esistere un verbo di partenza. E se non è trapungere...»

«È trapungere. Io trapunsi, tu trapungerai».

«Meno male. Anche facendo proprio un lavoro di fino, per Natale dovrei averla finita».

«Sarà un regalo per Lorenzo?»

«Oh no... bye bye Lorenzo... addio... te lo lascio, cocca».

«Cosa stai dicendo?»

«Che te lo lascio. Ti piace, giusto? Bene, prenditelo. Ma soltanto quando sarai ben sistemata con Alex... finalmente toccherà a te tradirlo».

«Queste sono brutte cose, Carolina. Ti credi di stare in un romanzo di Jackie Collins? Cosa c'è che non va, con Lorenzo?»

«Quasi niente. È adorabile, vedrai. Il problema è che io preferisco continuare come prima. Mi piace di più! Di più! Di più!»

«Non cantare, ti prego... ti piace di più cosa? Stare sola?»

«Sì, e libera. Avere storie così, come quella con Roberto... si sta insieme due settimane, poi non ci si vede per due anni, poi si sta insieme di nuovo un po'... ma non perdere mai il mio tempo mio. Essere sempre libera di farmi le mie cose. Leggere. Trafficare. Fare la cena dolce!»

«Perché, con Lorenzo non la potevi fare, la cena dolce?»

«Non esiste nessun uomo al mondo con cui si può cenare a caffelatte e pane e burro».

«E biscotti... pandoro...»

«Cioccolata. Non esiste. L'uomo non ama la cena dolce».

Stiamo zitte. È vero. Girala come vuoi, qualunque donna prima di sposarsi o convivere, dovrebbe assimilare questa dolorosa verità: se ti metti un uomo in casa, per fare la cena dolce dovrai aspettare che parta per affari.

«E non è solo quello» continua Carolina. «Con Lorenzo non potevo fare niente proprio come lo facevo prima. Credimi, queste poche settimane di convivenza sono state un tormento».

«Addirittura?»

«Sì, addirittura. Dovevo continuamente tener conto di qualcosa. Qualcosa che non ero soltanto io e quello che faceva comodo a me».

«E va be', dai, è normale».

«Per me no. Vivere con un uomo va bene soltanto se sei proprio innamorata pazza».

«E tu, niente?»

«Niente. Argomento chiuso».

«Ah sì? E allora perché prima sei calata su di noi come un falco mentre parlavamo?»

«Per proteggerti meglio, bambina mia».

«E da cosa, nonnina?»

«Dalla grande stupidata dell'ultima sera. Soltanto quando vivrai con Alex, potrai concederti un capriccello con lui. Se ci cascavi stasera, scema come sei eri capace di andare in corto circuito, credere di essere innamorata, e domani arrivava Alex, e chissà che pasticcio succedeva».

«Ma...»

«Fidati».

«E poi chi ti dice che lui ci avrebbe provato? Lo sa già che lo molli?»

«Mmm... non proprio... cioè, lo sa benissimo, mica è scemo, ma ancora non gliel'ho detto. Conto di farlo subito prima che parta per Londra. Così quando torna tu lo consoli».

«Non mi piace, consolare».

«E non consolarlo. Prendilo in giro. Che ti frega? È un ragazzo carino, tutto lì. Domattina apri tu?»

Così me ne torno a casa. E in segreteria trovo un messaggio di Rebecca: «*È arrivata una spaventosa e-mail di Bibi..Chiamami*».

Non adesso. Sono le tre, fra sei ore devo alzarmi, e domani comincia per me una nuova vita.

ORE 16.45. CARTA E CUCI

La ragazza che sostituisce Sofia per questa settimana è Agnese, una nipote di Carolina: un'asina incapace che comunica la sua stessa noia di vivere alle clienti. Ho visto signore energiche ed entusiaste entrare con tutte le intenzioni di comprare aghi, fili, kit da ricamo, bottoni luccicanti e cordoncini per bordare la vestaglia, e dopo pochi minuti di trattative con Agnese uscire a mani vuote sbadigliando. In realtà, avevamo offerto il posto, almeno part-time, a Rebecca, ma nel bel mezzo delle sue turbinose attività la nostra ragazza si è resa conto che manca un niente all'esame di maturità e si è chiusa in casa a studiare. In assenza di sua madre, è la nonna, cioè zia Carla, a vegliare su di lei. Di Sofia, intanto, nessuna notizia. Evidentemente la vacanza d'amore funziona così bene che non prova neanche il normale impulso di telefonare a una cugina. La aspettiamo di ritorno tra tre o quattro giorni, e alcune di noi già la vedono incinta.

«Signora...»

La querula Agnese mi chiama, incapace di sopportare la determinazione all'acquisto della signorina Poma, una delle nostre più accanite clienti. La signorina Poma ha circa settantacinque anni, ed è evidente da tutto il suo atteggiamento che la considera l'età più felice della donna. Ora, finalmente, nessuno si aspetta più niente da lei se non torte, ricami e canaste, e guarda caso proprio esattamente queste sono le sue attività

preferite! Che bello! Oggi è venuta a comprare due
bei mazzi di carte da regalare a un'amica.

«Signora... io gliel'ho detto che noi carte da gioco non ne abbiamo... abbiamo solo carta per foderare i cassetti e cose così... carte per giocare niente... per giocare abbiamo i puzzle... ma lei non li vuole, i puzzle, e dice che sua cognata ha comprato qui le carte da gioco... glielo dice lei che non le abbiamo?»

«Signorina Poma! Come sta?»

«Benissimo, cara Clotilde. Ho piacere di rivederla. Come stanno le zie? Mi saluti tanto la sua mamma. Senta, questa ragazza dice che non avete carte da gioco, eppure io ricordo benissimo che mia cognata Letizia, la moglie di mio fratello, sa, il professor Poma, il cardiochirurgo... ecco... Letizia ha acquistato qui da voi due bellissimi mazzi di carte liberty... ora, io ne vorrei due mazzi simili da regalare alla signora Greco, la mia amica, sa la moglie del professor Greco...»

Prima di entrare a vele spiegate in questo mondo meraviglioso dove tutti sono professori, inchiodo la signorina Poma davanti al cassetto contrassegnato dalla targhetta 'Carte da Gioco', un cassetto di cui Agnese ignora l'esistenza, come della maggior parte del mondo reale. Lo apro, e la immergo nella beata contemplazione di molti mazzi di carte, liberty e non. E mi giro al richiamo energico di una giovane voce.

«Costanza! Hai sentito il mio messaggio? Ti ho portato la lettera. Leggi».

Rebecca, unica internettista di famiglia, ha ricevuto l'e-mail di Bibi, con preghiera di diffondere. La leggo, e rimpiango di non avere una religione a cui chiedere conforto.

'Ehi salve ragazze, solo due righe per dirvi di preparare il bue grasso o cos'è che era, perché si torna a casa! Come preve-

devo, Nigel e i bambini avevano un gran bisogno di me. Quella donna non sa far altro che CUCINARE *e pulire la* CASA. *Vivono circondati dalla* PLASTICA *e la loro condizione culturale è di una arretratezza* ATROCE. *Perfino Nigel non ha più reazioni spirituali degne di questo nome. Ma vi racconterò tutto a voce. L'importante è che li ho convinti a venire in Italia con me per una vacanza, e poi ovviamente non li lascerò più ripartire. Purtroppo è difficile pianificare le cose con Nigel perché o è ubriaco o piange. Temo che si veda ancora di nascosto con quella donna (viveva con loro ma naturalmente l'ho buttata fuori). Anche i bambini piangono parecchio ma come dio vuole appena saremo a casa rimetterò le cose a posto anche perché se no sai che palle baci Bibi'.*

Io guardo Rebecca, lei guarda me, e poi se ne esce con questa imprevedibile affermazione:

«Se papà sposa Annamaria e la mamma Ugo Torment, io vengo a vivere con te».

Con me. Veramente, con me e Alex. Be', in fondo, perché no? Dopo tutto, la figlia maggiore di Alex dovrebbe avere più o meno l'età di Rebecca. Madonna, i figli di Alex! In tutto questo casino, non ci avevo proprio pensato. Quando passeranno i weekend con noi, dove li metto a dormire? Forse all'Ikea avrei dovuto comprare anche dei letti a castello.

ORE 23.15. AEROPORTO

Ci siamo. Ancora un quarto d'ora e l'aereo da Roma si sbatterà sulla pista. Sono arrivata leggermente in anticipo per essere sicura di non avere l'aria affannata. Alex non sopporta chiunque dia l'impressione di aver avuto fretta di recente. Per accoglierlo nella nostra nuova vita a due ho scelto un vestitino di cotone a cui manca solo il nido d'ape per essere perfetto per una bambina di sei anni. Stavo per uscire di casa in jeans e maglietta di *Friends*, poi ho pensato che i jeans potevano sembrare respingenti, proprio la prima sera, e mi sono cambiata in fretta e furia. A casa, tutto è a posto: in forno c'è la pasta al forno, sul fornello c'è la bistecchiera, in frigo ci sono bistecche, insalata, Chablis e crème caramel. In camera mia, al posto della casa di Barbie, un cassettone rosso ondulato, che ho finito di montare due ore fa. Non crediate che la casa di Barbie sia stata estromessa: l'ho spostata in bagno. Casa mia ha soltanto due stanze ma il bagno è enorme. Cerco di non pensare alla casa di Barbie perché non voglio avere in faccia un'espressione bellicosa. Non è il momento. Mi siedo in una poltroncina del reparto Arrivi Nazionali, rilassata come John Travolta in *Pulp Fiction*, quando Uma Thurman gli tracolla in braccio. Fingo di sfogliare *Grazia*. Vado a bere un caffè. Il quadro annuncia un ritardo di dieci minuti. Perché non fumo? E se cominciassi adesso? Sto per andare a comprarmi un pacchetto di sigarette quando sento una voce cordiale che chiama:

«Signorina Vestri!»

Mi giro lieta della distrazione, e a qualche metro di distanza, elegante, bionda e meno miope di quel che credevo, ecco Gloria Varetto, la moglie di Alex. E qui è soltanto la genetica che mi mette in grado di affrontare la situazione. Le donne della mia famiglia hanno per tradizione una smodata capacità di recupero. Di fronte a qualunque imprevisto, nel giro di pochi secondi riescono a dare l'impressione che quell'imprevisto sia il frutto di una loro iniziativa personale. Così, mentre cuore e stomaco mi si congelano, sorrido e agito una manina.

«Signora Varetto... come va?»

«Benissimo, grazie. E lei? Il negozio?»

«Molto bene. È un po' che non la vediamo...»

«Purtroppo... da quando lavoro, non ho più tempo per niente...»

Lavora? E cosa fa? A parte pedinare il marito?

«Lavora? E di cosa si occupa?»

«Faccio le PR per il GFT».

Oh santo cielo. Alex non me l'ha detto. E adesso? Le chiedo cosa ci fa qui? Mi previene.

«Per fortuna l'aereo da Roma è in ritardo. Sono venuta a prendere mio marito ma ho trovato tutti i semafori rossi».

«Ah... è stato a Roma per lavoro?»

«Sì... a intervistare Carlo Verdone...»

«Che bello... lui ha sempre l'occasione di conoscere gente interessante...»

«Certo, il suo mestiere è affascinante... e lei? Aspetta qualcuno da Roma?»

Donne al bivio. Che faccio? Come rispondo a questa bellissima domanda? L'istinto, sia quello umano che quello animale, mi porterebbe a dire che no, aspetto l'aereo da Cagliari, e perdermi poi tra la folla. Ma non vorrei trovarmi, senza saperlo, al momento cruciale del film. Quello in cui lei crede alla perfida madre di lui. Al perfido capo ufficio di lui. Quello in cui lei consegna fiduciosa la lettera alla vecchia amica di lui che la farà a pezzetti e la butterà nel camino. Il momento in cui il telegramma va perduto, il taxi trova un ingorgo, la nave naufraga... il momento, insomma, in cui i due innamorati vengono separati per un equivoco, e tutto il cinema pensa: 'No! Non dargli la lettera! Non andare lì! Non credere là! Non fare così!' E se questa scenetta disgustosa fosse stata tramata all'insaputa di Alex? E se lui arriva, e non mi trova, e trova invece lei che gli dice, mettiamo: 'Vieni a casa, tesoro. La tua amante è appena partita per San Pietroburgo con un architetto russo'? Che ne so? Io di qui non mi muovo. Alex, scendendo da quell'aereo, mi troverà esattamente dove gli ho detto che mi avrebbe trovata, e vedremo.

«Sì... arriva un'amica di Roma che viene a trovarmi per un po'...»

Sorrido. Sorride. Grazie al cielo, il quadro fa le sue rotazioni e ci dice che l'aereo da Roma è appena atterrato. Inizia una lunga agonia. Ci precipitiamo davanti alla porta da cui compariranno i passeggeri provenienti da Roma. Aspettiamo e aspettiamo ancora, e finalmente la porta si apre. Escono fiumane di persone, ed ecco Alex. Bellissimo, un velo di stanchezza negli occhi, ci vede, sorride, e agitando una mano, perfetta parodia di Umberto Tozzi, grida: «Gloria!»

ORE 00.10. CASA MIA.

Non so se esiste una teoria secondo cui i traumi si muovono sempre in coppia come i carabinieri e le ciliegie, ma è un fatto che l'esorbitante rientro da Roma di Alex non è l'unica cosa sconvolgente della mia serata. C'è dell'altro che mi aspetta, e proprio sul portone. Arrivo fino a casa grazie all'intervento, credo, di quell'angelo Tobia che accompagnava un cieco. O forse era il cieco a chiamarsi Tobia? Non so. So che guido per forza di inerzia, accecata anche io, dalle lacrime e dall'ira. Alex non è neanche impallidito, quando mi ha visto. Non è arrossito. Non è niente. Ha abbracciato e baciato sua moglie e mi ha salutata con la cortese vaghezza di un estraneo che non vede l'ora di andarsene a casa dopo un viaggio. D'accordo, sapeva che sarei stata lì, e quindi ha avuto tutto il tempo di prepararsi, però che sangue di vipera. Cerco di ricordarmi cosa mi ha detto al telefono l'ultima volta che ci siamo parlati. Forse qualcosa tipo: 'Stavo scherzando. Ho fatto pace con mia moglie, e a vivere con te non ci vengo più'? No. Me ne ricorderei. È vero che nelle ultime trentasei ore non ci eravamo sentiti, ma può un uomo fare un voltafaccia così clamoroso in trentasei ore? Evidentemente sì. Parcheggio davanti al portone, scendo dalla macchina, e resto un attimo lì. L'idea di salire e vedere quel cassettone rosso pronto a ricevere pigiami e boxer che non arriveranno mai, mi pare orripilante. E mentre considero, incerta, se fare mezzo isolato e andare a suonare il campanello di Irene, un'ombra balza fuori da dietro un furgone e mi si para davanti, facendomi fermare il cuore e altri organi vitali.

«Costanza, ti devo asssolutamente parlare».

«Non può essere...» gemo.

«Costanza, ti devo assolutamente parlare» ripete l'ombra, che ha evidentemente a disposizione un frasario succinto.

Sospiro.

«Senti, non è serata. Ho appena avuto uno choc. Non so cosa vuoi dirmi, ma è meglio se rimandiamo a un'altra volta».

«Sta' zitta. Troppo comodo. Per voi è sempre tutto comodo».

«Oh signore... voi chi? Dai, Amedeo... lascia perdere, eh? Sto male, sono stanca, voglio andare a casa. Cosa vuoi?»

È veramente lui. Amedeo. Il quasi ex marito di mia cugina Sofia, quello fidanzato con la pura Annamaria, quello dell'autopista. Amedeo, che solitamente assomiglia a un panda, e invece qui, nella notte buia, riesce a sembrare perfino vagamente minaccioso. Gli guardo le mani. È sempre stato un appassionato di coltellini svizzeri multiuso e non vorrei mai che me ne puntasse uno contro.

«Ti devo assolutamente parlare».

«Ma perché? Perché adesso? Non potresti telefonarmi domani?»

«Troppo comodo. Per voi...»

Niente. Ha questo paio di frasi preregistrate, e di lì non ci si toglie. Sta fra me e il portone, e dunque di scappare dentro fregandolo in velocità non se ne parla. Per la seconda volta stasera, mi adatto a circostanze decisamente non previste.

«Scusami, Amedeo. Te l'ho detto, stasera sono parecchio stravolta. Non me la sento di stare a parlare qui sul portone...»

«Guarda, è meglio se mi stai a sentire. Altrimenti va a finire che ammazzo qualcuno. Se tua cugina non la smette di farmi dannare, io qualcuno lo ammazzo. Te, lei, non importa».

Calma. Importare, importa.

«Scusa, ma perché proprio io? Sofia ha un sacco di cugine...»

«A te dà retta. Devi parlarle. Devi farle capire che se continua così questa storia finisce molto male».

«E allora vieni dentro, su. Ci facciamo un tè e ne parliamo, va bene?»

E qui il potenziale assassino guarda l'ora e si raggrinzisce.

«È tardi... devo tornare a casa. È dalle undici che ti

aspetto. Ho telefonato, e visto che non c'eri mi sono appostato. Perché voi non dovete credere che io sia il vostro calzino vecchio! Io non mollo, io non cedo, cosa credete?»

«Scusa, chi sarebbero questi voi?»

«Voi. La vostra famiglia. Siete degli aguzzini».

Di colpo si affloscia. E va a finire che viene su, con l'aria tantissimo sulle spine: evidentemente a casa lo aspetta lei, che fuma nervosa in attesa di vederlo tornare vincitore, non so bene di cosa e su chi. Entriamo, e mi viene da ridere dalla disperazione, a pensare che stanotte questa soglia dovevo varcarla con Alex, per iniziare la nostra vita insieme. E invece la varco con uno smidollato psicopatico che mi aspettava appostato nel buio. Così, mentre il bollitore fischia e io mi asciugo le lacrime con lo Scottex, viene fuori che questo miserevole ometto vuole la casa. Se Sofia non gli restituisce la casa, o non gliela compra al giusto prezzo stabilito da un suo incaricato (perché gli incaricati di Sofia sono tutti ladri disonesti appena usciti di galera) lui non si separa. E finché non si separa con tutti i crismi della legalità, la cara Annamaria rifiuta la Suprema Prova d'Amore.

«Sarebbe a dire che ancora non avete fatto niente?»

Strabilio. Pura va bene, ma non ci credo...

«Ma sì... certo. Solo che ultimamente lei non... insomma... è una donna di una tale onestà, una tale pulizia che finché non sono separato non vuole più... dice che preferisce aspettare».

In questo, la capisco. Con Amedeo, anch'io preferirei aspettare. Anche molto a lungo.

«E allora separati. La casa lasciala a tua figlia. In fondo, le molli, lei e Sofia, te ne vai con un'altra, come puoi essere così... poco generoso, diciamo, da volere la casa? Annamaria sicuramente ti preferisce povero ma onesto. Come potrebbe sopportare di vederti spogliare tua figlia? »

Sembra che potrebbe. Amedeo si rivolta come un cobra.

«È intestata a me! Voglio la casa oppure quattrocento milioni!»

Ecco qua. Amedeo ha distrutto la mia fede negli uomini noiosi. Pensi che se sposi uno così, ti annoi ma stai tranquilla. E invece questo ti tedia per vent'anni e poi ti frega. Allora meglio sposare uno che ti diverte per vent'anni e poi frega le altre, come Alex. Ahi, che male.

Come Dio vuole, Amedeo se ne va, per tornare da quella bella toma della sua Annamaria. Già che c'ero, gli ho accennato a quello che penso delle ipocrite che portano via il marito alle altre e poi imboccano la strada della Pulizia Morale, ma non ha reagito. Ormai è spompato. Praticamente mi supplica di parlare con Sofia e convincerla a dargli o la casa o i milioni. Mi piacerebbe spiegargli che poco a poco i suddetti milioni stanno scivolando nelle capaci tasche di Ugo Torment, ma mi trattengo. È già stata una serata abbastanza difficile. Gli ripeto di non fare lo stupido e pensare a Rebecca, e mentre chiudo la porta, infila ancora un attimo il naso dentro.

«Non ho nemmeno più l'autopista... me l'hanno data via».

«Non te la prendevi mai...»

«Perché Annamaria...»

Non la vuole, certo. Ah, povero Amedeo, dalla bambagia nella brace. Auguri. Do le mandate, metto la catena e mi ritrovo finalmente sola col cassettone dell'Ikea. Altro che Freddy Kruger. Eccolo qui, il mio Nightmare.

ORE 3.30. CASA MIA

Un po' piango, un po' mi aggiro, un po' dormo, e non so se sto piangendo o dormendo quando suona il telefono. Sono le tre passate e ancora una volta, naturalmente, so chi è.

«Costanza non riattaccare».

Per una volta, sono davvero senza parole. Non so da dove cominciare.

«Ascoltami solo cinque minuti. Ho pochissimo tempo. Se si accorge che mi sono alzato è la fine, ma non potevo stare fino a domani senza parlarti».

«Impiccati».

«Aspetta. L'ho fatto per Morgana. Gloria mi ha telefonato oggi pomeriggio. Mi ha detto di tornare a casa, che mi perdonava tutto, che dovevamo stare insieme se no Morgana diventa anoressica».

«Ah».

«Davvero. Gliel'ha detto sua cognata, che è una psicanalista. Ha detto che presenta tutti i sintomi preliminari. Rifiuta i dolci. Non mangia più nemmeno la Nutella».

«Tremendo».

«Smettila. Non potevo rischiare la vita di mia figlia. Ma non voglio perderti. Si tratta solo di asp...»

Quella parola non la voglio sentire più, e dunque la interrompo a metà riattaccando, e poi stacco il telefono. Mi addormento di schianto. E domani ho la giornata libera. Cosa ne farò?

ORE 12.00. CASA MIA

Ho appena finito di riportare in camera la casa di Barbie. Le ho dato una bella pulita, ho risistemato i tendaggi del letto Luce di Stelle, ho leggermente cambiato la disposizione dei mobili, ho messo degli altri vestiti alle Barbie residenti, che sembravano piuttosto soddisfatte di non essere più confinate in bagno. Il cassettone rosso e ondulato, però, non l'ho smontato. Ho spostato lui, in bagno. Così impara. E l'ho riempito di stupidaggini, esattamente quelle cose sgargianti e senza valore che Alex detesta e a me piacciono tanto: collane di perline, rossetti mezzi finiti, vestiti delle Barbie, portachiavi con l'acqua, biglietti di auguri che saltano fuori da se stessi trasformandosi in mazzi di fiori, nastri di seta, mollettine per i capelli coperte di brillantini. Più in generale, ho tolto alla mia casa quella patina un pochino più austera e chic che avevo cercato di darle per accogliere quel fine uomo di spettacolo e cultura, e sono tornata alla mia abituale cialtronaggine. Non ho bisogno di togliere di torno le fotografie di Alex, perché da brava amante clandestina, in giro non ne ho mai tenute. Le appiccico dentro le copertine dei miei ricettari, ma non è ancora il momento di occuparmi dei dettagli. Sarebbe invece il momento di occuparmi del comunicato stampa. Quello che dovrei far circolare fra tutte le cugine e amiche a cui avevo annunciato il mio non ufficiale mutamento di stato civile. Ma per fortuna, mi rendo conto che mi basta rinunciare al pomeriggio libero che mi ero presa in previsione della luna di miele, e andare in negozio. Una volta che la situazione sarà chiara per Carolina, ci penserà lei a diffonderla. Bene, questa almeno l'ho risolta. Prima di uscire, riattacco il telefono, ma non la segreteria telefonica. Questo per dire che faccio veramente sul serio.

ORE 20.00. CASA DI CAROLINA

«Tanto vale che cominciamo ad abituarci per quella famosa casa di riposo» dice Carolina, tirando fuori un barattolo dalla sua dispensa viola e lilla.

«Cosa vuoi fare?»

«Riso bollito con olio e parmigiano».

«Alt. Cena da pensionate per cena da pensionate, preferirei la minestrina».

«E vada per la minestrina».

«Stelline ne hai?»

«Certo. Ti pare che una quarantenne che vive sola non ha le stelline?»

Percepisco nel suo tono una lieve nota di autocommiserazione.

«Guarda che tu vivi sola soltanto perché sei scema. Se volevi, adesso invece della minestrina con me, mangiavi gli spaghetti con Lorenzo...»

«Eh... e pure cucinati da lui. Quant'era bravo... quando apre il suo ristorante, ci vado tutte le sere. Guarda, la prossima volta che ti fidanzi, trovati un cuoco. Vedrai che pacchia».

«Ma non quel cuoco».

«Ah già. Non te l'ho detto. Stasera parte, e passa a salutarci».

«Come salutarci? Salutarti, vorrai dire. Io me ne vado. Figurati se mi trova qui. Vorrà vederti da...»

«Calma. Lo sa, che ci sei. Gli ho raccontato tutto, e

gli ho detto che stasera venivi a cena. Gli spiace molto per te. Cioè... molto gli spiace, diciamo».

«Grazie».

Mangiamo le stelline in brodo. Ci mancano solo le pantofole di feltro, per il resto siamo perfette, specialmente io, che sono vestita veramente male. Non dovesse mai succedere che Lorenzo, l'ultima volta che mi vede per chissà quanto, dovesse trovarmi un po' carina. Per carità.

Quando arriva, sembra molto di fretta.

«Ciao... volevo solo salutarvi un attimo... c'è mia sorella sotto che mi aspetta, mi accompagna lei all'... eh... scusa, Costanza, so che non dovrei pronunciare la parola aeroporto davanti a te ma...»

Lo guardo con freddezza. Non mi metterei a fare tanto lo spiritoso, se fossi in lui. E visto che Carolina è andata a rispondere al telefono, non mi trattengo.

«Perché tu, invece, sotto il profilo sentimentale te la passi alla grande, eh?»

Mi guarda anche lui con freddezza.

«Un po' meglio di quello che temevo, grazie».

Prima che la stanza si trasformi in una succursale della Tenda Rossa di Nobile, torna Carolina.

«Ehi... cosa diavolo hanno le effemeridi, in questi giorni? Un disastro dopo l'altro. Era Sofia, in lacrime. Sta venendo qui».

Lorenzo scatta verso la porta. Bacia e abbraccia Carolina, e guarda me. Decido di favorire il disgelo, e sorrido.

«Ciao Lorenzo. Fai buon viaggio e torna presto».

Gli vado vicino. Che faccio? Lo abbraccio? E lui? Che fa? Mi prende una mano, la stringe, mi guarda, incomincia un sorriso che non porta a termine, e dice:

«Sì?»

Ehi. Anche meno, eh? Cosa si crede di fare? Intanto è già andato via, e mi piacerebbe abbastanza uscire sul balcone e gridare

TI AMO!

Anche se naturalmente non è vero. Così, tanto per sconvolgergli la sorella. Ma è più urgente chiarire la faccenda di Sofia.

«Piangeva? Quando è tornata?»

«Non so, mezz'ora fa, credo. Sembrava distrutta».

«Chissà cosa le avrà fatto quel mostro».

«Cosa vuoi che le abbia fatto... sarà uscita per comprargli la focaccia, e a ritorno, eccolo a letto con una turista olandese...»

«O due».

«O due, anche se non capisco come facciano un paio di belle olandesi a farsi infinocchiare da un attore di Bergamo».

«Sconosciuto. Perché fosse un attore di Bergamo famoso...»

«Invece niente. Sconosciuto. Ma tu l'hai capito cosa ci vedono le donne in quello lì?»

«Avrà un suo fascino animale che a noi sfugge».

Mentre riflettiamo sul fuggitivo fascino animale di Ugo Torment, arriva Sofia. Noto con piacere che nonostante la crisi sentimentale non ha rinunciato al nuovo look, e sfoggia uno svolazzante abitino a fiori verde e azzurro, che sta molto bene con i capelli carota. Peccato quegli occhi tumefatti dalle lacrime. Anche i miei sono abbastanza tumefatti dalle lacrime, ma io ho gli occhiali, scuri. Anche alle dieci di sera, in cucina e con la luce accesa? Certo.

«Allora?» chiediamo in coro come Spice Girls io e Carolina. Sofia emette una specie di singhiozzo e ci guarda desolata.

«È un cafone...» geme, e scoppia a piangere.

Devo dire che mi aspettavo qualcosa di diverso. Guardo Carolina. Anche lei si aspettava qualcosa di diverso.

«Un cafone?»

«Voi non ne avete idea. A parte che usa continuamente lo stuzzicadenti...»

Ah... ci avevo preso.

«... e poi rutta... si tocca i piedi mentre mangia... si lava poco... e si mette le dita nelle orecchie e anche nel naso... e mette il coltello in bocca...»

Caspita. Dunque non è stata l'infedeltà a disfare il posto al sole di Ugo Torment. È stata la mancanza di buone maniere.

«Scusa, Sofi, ma non te n'eri mai accorta, prima, della sua buzzurraggine?»

«No. Sai com'è... magari lui si teneva un po', e poi non stavamo molto insieme, ma vivere ventiquattr'ore al giorno con un uomo così è... atroce!»

E singhiozza. Sono affascinata. Non ho mai visto nessuno soffrire così tanto per un motivo così elegante. Carolina si morde le labbra per non ridere.

«Senti qua» interviene, «ma a parte questo?»

«A parte niente! Ha le canottiere bucherellate, da cui sbucano i peli, risponde male ai negozianti, è arrogante con i camerieri al ristorante e a tavola non mi versa mai da bere!»

Mi sembra fin troppo, per un uomo solo.

«E il sesso? Non era quello il suo punto forte?»

Sofia alza le spalle.

«Boh. Dopo due giorni, mi faceva già così schifo che non mi lasciavo neanche sfiorare. Comunque credo che abbia delle amanti. Andava sempre a telefonare di nascosto. Secondo me, non è neanche vero che è separato».

«Carolina, versa da bere a Miss Marple».

«Voi lo sapevate?»

«Ci sfiorava l'idea».

Sembra però che Sofia consideri mogli e amanti un difetto minore rispetto alla cafonaggine. Per un bel po', continua a raccontarci le schifezze di Ugo, a chiedersi come ha fatto anche solo a pensare di poter stare con lui, a strapparsi qualche capello color carota e a rivelarci che l'ha mollato a Portovenere, solo, in mezzo a una strada.

«Cioè?»

«Cioè ho chiuso casa e l'ho raggiunto al bar della piazzetta, dove stava facendo il deficiente con una ragazza. Gli ho mollato la sua valigia sui piedi e gli ho detto che me ne andavo, e che preferivo non vederlo mai più. Poi ho preso la macchina e sono partita. Spero che abbia i soldi per il treno».

«Sei sicura che non gli siano rimaste in tasca delle chiavi della casa?»

Sofia sorride, finalmente.

«Non gliele ho mai date. Di nessuna casa. E ho messo l'allarme. Se quel pidocchio prova a entrare, avrà tutta la Polizia di La Spezia addosso».

«E pure la Marina Militare!» rincara Carolina.

Io intanto, e già da un po', mi sto chiedendo se raccontare a Sofia i recenti agguati del suo ex marito Amedeo. Non so perché, ma sento che è meglio di no. Chissà, ora che Ugo è sparito, magari lei e Amedeo ci ripensano. Se lui vuole veramente quella casa, la sua unica speranza è tornarci da marito pentito. Anche perché secondo me la pura Annamaria senza milioni non se lo prende. E appena avrà rivelato fino in fondo di essere un'avida carognetta, Amedeo comincerà a rimpiangere la sua gentile Sofia. In quanto a lei, ecco, bisogna riconoscere che Amedeo è educatissimo. Perfino mentre mi terrorizzava al buio manteneva una indiscutibile classe. Se Donna Letizia avesse voluto aggiungere al suo manuale un capitolo su: *Come balzare davanti a una ex-cugina in piena notte secondo le regole del viver civile*, avrebbe dovuto prima consultarsi con Amedeo. Quindi sto zitta, e medito su come riunire questi due cuori sconfitti. Purtroppo, però, c'è un altro compito piuttosto urgente che mi aspetta. E capisco di non poterlo più rimandare quando Sofia, rinfrancata da una mezza bottiglia di Traminer, mi chiede notizie di Alex.

«E allora? Com'è che la prima sera che ce l'hai a casa ti trovo da Carolina?»

Prendo un bel respiro, e attacco.

ORE 11.45. CHIESA DI VALLE SAN NICOLAO

Come un fulmine a ciel sereno, piomba su di me la certezza che proprio questa domenica, e non un'altra domenica migliore e più adatta, si celebrano le nozze di mio cugino Arnaldo, che vive a St. Louis e si sposa una ragazza di St. Louis, ma per fare contenti i suoi genitori, e le sue zie, se la viene a sposare nella chiesa del paesino da cui ha origine la nostra famiglia. Arnaldo è uno dei fratelli di Veronica. Non sono entrata nel dettaglio dei cugini maschi perché se no non ne uscivamo più: infatti, se nessuna di noi cugine ha sorelle, in compenso i fratelli abbondano, e sono pieni di iniziative. Perciò, mi limito a citarli quando è proprio necessario.

Eccovi dunque Arnaldo, simpatico ragazzo che in questa bella domenica di giugno si sposa con la signorina Mary Louise. Non sono proprio dell'umore perfetto per un matrimonio, comunque mi tiro più a lucido che posso, e quando entro nella vezzosa chiesetta di campagna non sono né meglio né peggio delle altre cugine presenti, tutte piuttosto sbattute, per un motivo o per l'altro. In particolare Irene, che mi sussurra: «Ti devo parlare». Dopo il weekend a Baghdad non l'ho più vista, e anche al telefono faceva molto la frettolosa evasiva. Quindi, ha combinato qualche guaio.

Veronica, come sorella dello sposo, è al massimo della perfezione, con tutti i bambini vestiti come piccoli lords e ladies, compresa Sailor Maria, che non ha mai visto una chiesa in vita sua ed è impietrita dall'orrore. Mi metto vicino a loro, e non è la scelta giusta, perché appena mi vede Veronica mi rifila in braccio proprio Sailor, dicendo: «Tienila un attimo tu che se no Eugenio mi strozza». Non capisco subito perché, ma dopo pochissimo sì: mentre Veronica riconquista la sua centralità madonnesca al braccio del marito, circondata da figli così quieti e composti che mi vengono dei sospetti sull'uso della lattuga anche in quella famiglia, Sailor Maria si avventa a succhiarmi la spilla che ho sul risvolto della giacca, sbavandomi tutto.

«Ehi... lascia perdere, piccola... non va bene questo in bocca...» la sposto, e lei mi guarda con occhi dolenti.

«Cuccio» dice.

«Eh?»

«Cuccio? Mamma? Cuccio».

Mamma okay, lo capisco. Ma 'cuccio'?

Una manina pulitissima mi tira per la giacca. È Betta, una delle figlie di Veronica.

«Vuole il ciuccio».

«E diamoglielo».

«Mami non vuole. Dice che non sta bene, sempre col ciuccio in bocca».

«Sta benissimo. Alla sua età, è proprio quello che ci vuole. Dà stile. Forza, Betta, vai a cercare questo ciuccio, se non vuoi rovinare il matrimonio di tuo zio».

Betta, una creatura straordinaria, tira fuori dalle maniche del suo golfino un ciuccio e me lo porge. Lo ficco in bocca a Sailor, che istantaneamente piomba la testa sulla mia spalla e si addormenta. Non pesa molto, ma siamo solo a 'Levate i vostri cuori'. Sarà una Messa lunga.

ORE 14.30. VILLA ANNA

«E dimmi, caro, hai per caso incontrato Maria Olimpia, in America?»

Mi spiace dirlo, ma quella che rivolge questa spropositata domanda allo sposo è mia madre, convinta che in America la gente si incontri, più o meno come succede a Bordighera, dove lei e mio padre passano l'estate. La distanza fra St. Louis e Vancouver, o il fatto che si trovino in due nazioni diverse, sono particolari di cui è totalmente all'oscuro.

«Scusa, mamma, ma secondo te dove avrebbero potuto incontrarsi, Arnaldo e Bibi?»

«Non so... durante una gita... sai... ad esempio in quel parco dove ci sono gli orsi... come si chiama...»

«Yellowstone» interviene volonteroso mio papà, che guardava sempre *Braccobaldo Show* con me quando ero piccola.

«Va be'. Lascia perdere, mamma, l'America è enorme e comunque Bibi è in Canada».

«E chi lo sa, dov'è? Sono quindici giorni che nessuno ha sue notizie. Non vorrei...» e qui abbassa la voce in un sussurro drammatico, «che fosse un altro caso Ylenia».

«Mamma... dai. Non essere macabra. Bibi è una donna adulta, fin troppo capace di badare a se stessa».

Comunque è vero. Dopo quella minacciosa e-mail, Bibi sembra essere svanita nel nulla. In Italia non è tornata, e non ha più telefonato a nessuno. Vilmente, nessuna di noi cugine ha chiamato a casa di Nigel. Immaginiamo che il ritardo sia dovuto a una situazione di questo genere: i bambini e Nigel che si rifiutano di partire, e Bibi che cerca il modo di legarli e trascinarli all'aereoporto senza dare troppo nell'occhio.

«A meno che...» riflette Veronica, servendosi una seconda porzione di insalata di patate e salmone, «la fidanzata di Nigel non l'abbia uccisa».

Non capisco perché lanciare tutte queste ipotesi sinistre durante un così bel pranzo di nozze. La zia Bice, la mamma di Veronica, per una volta è riuscita a sottrarsi al dominio imperiale delle quattro cognate, e ha organizzato una rilassata festa nel ristorante collinare di una vecchia amica di famiglia, che oggi lo ha riservato per noi. Il cibo è perfetto, i bambini razzolano in giro senza dare noia, e finora sono riuscita a evitare le confidenze di Irene. Respingo l'idea di Bibi fatta a pezzi da una sarta siciliana pazza di gelosia, e mentre affondo pigramente la forchetta nel risotto, noto con la coda dell'occhio un preoccupante movimento di zie. Partendo dai quattro angoli del parco, puntano con perfetto sincronismo su una stessa preda: il dottor Eugenio Barra. Sgomito Veronica.

«Guarda un po' là. Su tuo marito sta per piombare una formazione completa di zie. Indovina un po' di cosa vorranno parlargli...»

Dire che Sailor non è stata un successo con le zie, è dire poco. Anche così impupazzata, resta sempre una bambina singolarmente priva di fascino. Eppure è stata buona, e ha, devo ammetterlo, un odore delizioso. Ma le sorelle Botto l'hanno accolta con estrema circospezione.

«Bene. Speravo che andassero un po' a rompergli le scatole». Veronica sembra soddisfatta. Sto per chiederle come si mettono le cose fra lei e il nostro George Clooney di famiglia, quando Irene, simile in modo preoccupante a una minuscola Lady Macbeth, mi compare davanti, terrea nel suo delizioso vestito color pesca.

«Ti devo parlare».

Eccola qui. Mi lascio trascinare dietro un'ortensia e la guardo con più attenzione. Come ho già detto, Irene è molto bellina, genere fata dei boschi, ma oggi mi rammenta piuttosto la mamma di Bambi cinque minuti prima che la impallinassero. Dardeggia occhiate in giro, e abbassando la voce in modo molto drammatico, mi chiede se c'è per caso sua madre nei dintorni.

La zia Margherita, insieme alle sorelle, sta ancora lavorandosi Eugenio, perciò la rassicuro: «Se non ha il superudito non ci sente. Rilassati, cocca».

«Vuoi scherzare. Non credo che mi rilasserò mai più nei prossimi dieci anni. Costanza, ho urgente bisogno di un consiglio. Sono incinta».

Non è giusto. Ancora una volta, mi sento tagliata fuori dai grandi ruoli di protagonista. Se la vita avesse un minimo di senso drammatico, io dovrei essere quella che si ritrova ad aspettare un figlio di Alex proprio adesso che l'ho perso per sempre. Cosa c'entra Irene? E di chi è incinta? Ed è veramente incinta?

«Sei sicura?»

«Certo che sono sicura. Ho fatto il test due volte. È venuta una riga rosa grande come un palo della luce».

«Va bene. Allora sei incinta. E di chi?»

Glielo chiedo in tono discorsivo, e dentro di me spero, contro ogni logica, che mia cugina mi sorprenda. Che tiri fuori dal suo cappellino di paglia un coniglietto bianco. Che il padre non sia né quel delinquente di Andrea né il povero Giacomo con i suoi venti grammi di cervellino che gli ballano nel cranio. Magari negli ultimi tempi ha conosciuto un tipo normale, anche solo come Marco, il suo ex marito. Ah! Una lampadina mi si accende nel cervello! È lui! Il papà è Marco! Ecco perché è così sconvolta! L'ha fatto con Marco e proprio adesso che avevano finalmente firmato la leggendaria separazione.

«Ahhh!» urlo, «non me lo dire! Ho avuto un'intuizione! È di Marco!»

«Puoi smetterla di urlare come un'aquila? E puoi anche smetterla di dire idiozie? Può essere stato chiunque, guarda, ma non Marco».

«Come sarebbe chiunque?»

«Sarebbe che non so chi è. O è Andrea o è Giacomo. Hanno esattamente il cinquanta per cento di probabilità a testa».

La spiegazione è lunga e complicata, e coinvolge i due week end passati con loro, l'assoluta equidistanza dei momenti di passione rispetto al giorno dell'ovulazione, e una quantità di altri dati ginecologici. Non la sto neanche a sentire. Ci credo. Irene è precisa come un compasso. Una che disegna gioielli difficilmente fa le cose alla carlona. Se dice che non sa chi è il padre, non lo sa, punto e basta.

«E tu, brutta deficiente, idiota di una cretina, in un periodo così pericoloso fai sesso senza pillola?»

«Io non ho mai e poi mai nella vita preso nessuna pillola. Ma loro avevano il preservativo».

«Puah! Il preservativo, che idiozia!»

«Vai a dirlo al professor Aiuti!»

Ci guardiamo in cagnesco. E in quel momento si avvicina con discrezione mia cognata, Monica, che ci richiama all'ordine.

«Ragazze, volevo solo avvertirvi che laggiù in fondo, dov'ero io, abbiamo sentito distintamente 'idiota di una cretina' e 'preservativo'».

«Chi c'era con te?» le chiedo.

«Luigi, tuo padre, Olga, la contessa Balbis, Clelia Calini e un tot di bambini».

Irene alza le spalle.

«Basta che non ci fosse mia madre».

«Comunque, è meglio se ne parlate in un posto più tranquillo. Di chi era, il preservativo?»

Mi meraviglio che Monica sappia cos'è, visto che di figli ne ha cinque. Lei e Veronica sono il vanto della nostra prolifica famiglia, ma ecco che Irene si mette sulla buona strada per seguirla. Le do un'abbracciata veloce. «Ci vediamo venerdì sera a cena. Chiamo anche le altre. Vedrai che troviamo una soluzione».

Grazie all'alto tasso di incoscienza che ci caratterizza tutte, Irene recupera un minimo di buon umore.

«Com'è la torta?» si informa.

ORE 19.30. LUNGOFIUME

Perché gli ho detto sì? Perché sono così recidiva? Sono qui, lungo il dolce fiume della mia città, in questa sera di prima estate, dopo essere scappata via dal negozio in fretta e furia. Meno male, grazie a te, Santa Protettrice delle Recidive, meno male che stamattina mi sono messa questo vestito leggero come un grembiule, meno male che ho i capelli puliti, gli occhi truccati, il mio profumo preferito al tiglio, meno male che oggi sono andata a lavorare così, tutta bella, perché mi sentivo che sarebbe entrato lui, il mio nuovo amore. Un terzino. Sì, vorrei tanto fidanzarmi per tre mesi con un terzino di ventiquattro anni, è dai tempi di Cabrini che ho questa mezza idea, soltanto che mentre aspettavo lui, ha telefonato Alex. Mi ha chiesto se potevo vederlo cinque minuti sul fiume. E io gli ho detto forse. Il mio ragionamento era semplice: se arrivava il terzino, non andavo sul fiume, se no, tanto per fare, ci sarei andata. E indovinate un po', niente successore di Cabrini, così eccomi qui, ed ecco qui anche lui, che arriva, come sempre bello da non crederci. Dopo tutto quello che ho sofferto e pianto in queste tre settimane, non ho nemmeno la forza di innamorarmi di lui per la duecentomiliardesima volta in sedici anni. Sono intorpidita da non poterne più.

«Costanza...»

Esala. E da lì in poi, per mezz'ora buona, non fa che esalare. Quanto mi ama, quanto gli manco, quanto soffre, quanto sicuramente un giorno verrà a vivere con me, appena Morgana ricomincerà a mangiare la Nutella.

«Ti prego... non chiudermi fuori. Non lasciarmi al

freddo e al buio, dove tu non ci sei. Non posso vivere, così».

Bello. Detto bene. Ma perché non mi succede niente? Perché non mi manca il fiato, non mi sento sciogliere, non mi arrabbio neanche? Mi chiedo se il troppo dolore non mi abbia definitivamente spezzato i legamenti dell'amore. In altre parole, se non mi sono stufata di brutto. E c'è un modo solo per scoprirlo. «Andiamo a casa mia» gli dico. E faccio strada.

ORE 23.00. CASA MIA

Ma quando è successo? Quando? Me lo chiedo mentre aspetto che il bollitore fischi, pronta a balzargli addosso come una lince per impedirgli di svegliare Alex che dorme di là. Si è schiantato nel mio letto dopo due ore di sesso e chiacchiere, borbottando di svegliarlo all'una che deve tornare a casa. E io sono qui, sotto choc, che mi preparo un Nescafè e cerco di capire dove e come si è perduto il mio amore per lui. Voglio dire, era un amore veramente forte. Che aveva resistito a qualsiasi cosa per sedici orribili anni. A ripensarci, non ce n'è uno che si salvi, di tutti e sedici. Li ho spaventosamente gettati dietro a questo tizio stupendissimo di cui non mi importa assolutamente più niente. Mai come stasera è stato splendido nell'amore, mai l'ho visto tanto bello, e così appassionato, sembrava davvero innamorato di me. E io? E perché? E dove, come, quando? E pensare che la risposta non è per niente difficile. Arriva da sola perché proprio in quel preciso istante, mentre aggiungo un ciotolino di panna al Nescafè, squilla il telefono.

È mezzanotte e un quarto. Alex è addormentato nel mio letto. Potrei tremare di spavento pensando che sia sua moglie. O finalmente preoccuparmi da matti per i miei genitori. Invece nel cuore mi scende un miele dolcissimo. È Lorenzo?

È Nigel.

«Constance?»

«Nigel... meno male... come state? Siamo tutti un po'in pensiero per Bibi... è lì?»

«No. Io credeva che era lì».

«Come sarebbe? Non è più con te?»

«No. She left. È partita. Una settimana fa preso tutti i suoi cosi e fatto pagaglio. Andata via».

«Ma dove? Dov'è?»

«Non lo so. Dice solo bye bye, cambiata mia idea, niente famiglia».

Sembra troppo bello per essere vero. La vita non va così, che tutto si aggiusta all'ultimo. Mi sento molto triste. Questo stuntman gentile che mi sta parlando è sicuramente un assassino, e adesso Bibi sta in fondo al fiume di Vancouver, che neanche so qual è.

«Oh, Nigel... dimmi la verità... cosa le hai fatto?»

«Come io cosa fatto? Niente. Io molto volevo strozzarla in gola, ma non ho fatto niente, pensavo ai bambini. Lei è mamma. Noi venivamo in Italia con lei, perché lei voleva e io non sa dirle no. Ma adesso non veniamo più».

«Ma perché ha cambiato idea? Cosa è successo?»

«Niente. Bambini sempre piangere. Diana la mordeva, ogni tanto. Non piace che lei la chiama Naomi».

«Okay, non l'hai uccisa, ma allora dov'è?»

«Forse è solo andata a farsi un giro per passare nervoso».

Questo in effetti è molto probabile. Da qualche parte nel suo cervelletto egocentrico Bibi deve aver capito che la famosa ricostruzione della famiglia non era possibile, e allora, schiumante di rabbia, se ne sarà andata a New York, o a Hollywood, chissà.

Faccio giurare a Nigel che se avrà la minima notizia ce la comunicherà, e gli dico che ci penso io a rassicurare la famiglia. Riattacco, e vedo, sulla porta della cucina, Alex nudo che mi guarda. Com'è strano avere intorno un uomo nudo di cui non sei innamorata.

«Eri al telefono» mi dice con tono vagamente accusatorio.

«Era Nigel, l'ex marito di Bibi. Siamo tutti un po' preoccupati perché è sparita da una settimana».

«Ah. E perché telefona a te?»

«Perché sono l'unica della famiglia che se gli scappa una parola in inglese lo capisce».

«Guarda che d'ora in poi non devi più neanche guardare un altro uomo. E io non voglio più saperne di altre donne. Basta con le cazzate, amore mio. Appena posso lascerò Gloria. E intanto, io sono soltanto tuo e tu sei soltanto mia».

Avrei molto da eccepire su quel 'soltanto tuo', ma il problema è un altro. E cioè: perché questi discorsi arrivano sempre quando è troppo tardi? Qual è la logica perversa che regola i rapporti d'amore? Sto per rispondergli qualcosa di non troppo definitivo quando squilla il telefono. Alex si adombra.

«A quanto pare sei molto ricercata nel cuore della notte».

«Sarà di nuovo Nigel...»

Rispondo cercando di avere la voce annoiata...

«Ciao, Costanza. Va bene chiamarti adesso?»

Non tanto, Lorenzo caro. Questo vorrei dirgli. Andava meglio un'altra notte qualunque delle ultime settimane. Invece metto su un tono falso e discorsivo.

«Certo... va bene sempre, figurati... come stai? Come vanno le cose lì a Londra?»

«Dunque non sei sola. Oppure non mi ami più?»

«Cosa?»

«Sei sola?»

«No».

«Ah. E non so perché, ma ho l'impressione che lì con te non ci siano amiche o cugine, giusto?»

«Sì. Giusto».

E a questo punto Alex fa una cosa assolutamente inverosimile. Mi strappa il telefono di mano e sbraita.

«Chi parla?»

Non so cosa gli risponde Lorenzo, ma Alex risbraita:

«Non la riguarda, chi sono io. Sono un amico di Costanza. Eviti di chiamarla a quest'ora, per cortesia».

E attacca. Poi mi guarda inferocito.

«E com'è che Lorenzo Marelli ti chiama a quest'ora?»

Segue una scenata di portata mondiale. Nemmeno un mix di Anna Magnani e Sofia Loren sarebbe riuscita a rivolgergli tutte le male parole che raduno io in un unico fiato. Lo accuso di qualsiasi cosa. Affermo il mio diritto di fare qualsiasi cosa. Ma, attenzione, non gli dico, e sottolineo non gli dico, di non farsi vedere mai più nella mia vita. E difatti lui mantiene la sua arcangelica bellezza, mi lascia sfogare, mi bacia, mi dice che ho ragione, che d'ora in poi sarà tutto diverso, e che non vuole mai più sentire parlare di altri uomini ma adesso è bestialmente tardi e deve tornare a casa. Da sua moglie. Appena lui chiude la porta, io ho un unico e solo pensiero in mente. Chiamo Carolina. Che non c'è. E adesso come lo rintraccio, Lorenzo?

Suona il telefono.

«Pronto?»

«Scusa, puoi farmi parlare un attimo con Alex?»

«No. Non posso. È andato via. Oh, Lorenzo... perché...»

«Perché cosa?»

«Perché non mi hai telefonato prima?»

«Perché volevo lasciarti il tempo di capire. Non avevo voglia di chiamarti e sentirti fare le geremiadi perché Alex ti aveva lasciata».

«Il tempo di capire cosa?»

«Niente. Mi sbagliavo».

«No!»

«Non gridare. No cosa?»

«Non ti sbagliavi».

«E allora com'è che ce l'hai di nuovo in casa?»

«Non lo so. Cioè, lo so ma... senti, quando torni?»

«Al momento, non ho nessuna voglia di tornare».

Soltanto adesso mi rendo conto che in questa conversazione c'è qualcosa di sbagliato. Tra me e Lorenzo non c'è mai stato niente tranne quello stupido bacio di pasticceria. Non si è mai detto che fossimo innamorati. E per di più quando è partito lui aveva il cuore spezzato per Carolina.

«Scusa, e tu allora? Che quando sei partito avevi il cuore spezzato per Carolina?»

«Ma sei scema? Veramente idiota?»

Restiamo zitti, un attimo.

«Torna» gli dico poi, per la seconda volta»

«Cosa ci faceva Alex a casa tua?»

«Vuole che torniamo insieme».

«E tu?»

«No».

«E glielo hai detto?»

«Non... non ancora. È difficile».

«E quindi stasera avete fatto l'amore».

«Lorenzo, potresti tornare così ne parliamo di persona? Io voglio vederti».

Cerco di dirglielo con il quieto autoritarismo tipico della momentaneamente scomparsa Bibi. Ma o a me manca qualcosa, o lui è più tosto.

«Io però non so se voglio vedere te».

Attacca. E, tanto perché nessuna si aspetti miracoli, non richiama.

ORE 12.30. CARTA E CUCI

C'è qualcosa di molto strano in Sofia, da quando è finita la sua storia con Ugo Torment. Lo so che ho poco da criticare, visto che c'è qualcosa di abbastanza strano anche in me, da quando ho capito che non amo più Alex, però io in negozio sono più o meno efficiente. Sì, è vero, ogni tanto mi incanto a sfogliare i libri da ricamo fantasticando sulle 'L': ce ne sono tante, da fare a punto croce: la 'L' a orsetti, la 'L' a ortaggi primaverili, la 'L' a fiori autunnali, la 'L' a cubetti di ghiaccio... e ieri mi sono sbagliata, e ho dato a una ragazza il filato DMC numero 368, 'Verde palude con nebbia', invece del numero 369, 'Verde palude con nebbia al tramonto', ma sono piccoli cedimenti su un fronte che complessivamente tiene. Sofia, invece, non tiene più. Si immobilizza per sette od otto minuti a guardare la copertina di un quaderno con la lente. Oppure passa un dito su una biro con aria assorta, guarda la cliente in attesa e dice:

«Lo spigolo è freddo. I punti di incontro disperdono il calore».

Per fortuna l'ottanta per cento della nostra clientela è composta da signore intronate che vivono in una Disneyland tutta loro, così la cliente risponde amabile:

«Già, interessante. Le avevo chiesto un quaderno dei viaggi... sa, quelli su cui annoti le tue impressioni...»

Sofia sa che abbiamo almeno tre tipi diversi di costosissimi quaderni di viaggio, tutti in fiduciosa attesa di qualcuno che se li porti a casa. Eppure, sempre con l'aria di una medium in trance, sussurra:

«Quaderno di viaggio? Ma non le serve. Le bastano un taccuino e una matita. Anzi, le bastano il viaggio e la sua mente. O meglio ancora, le basta la mente. Non viaggi con il corpo. Resti a casa. Respiri».

A quel punto interveniamo io o Carolina e concludiamo la vendita, ma dopo una settimana di questa vita mi accorgo che Carolina dà segni di usura. Lei è la socia più anziana nonché responsabile dei conti, e non mi meraviglio che oggi ci abbia convocate per una colazione di lavoro.

Così quando chiude il negozio ce ne andiamo tutte e tre da Birilli e ci sistemiamo in cortile, sotto un tiglio. In questo periodo i ristoranti sono un argomento molto delicato, per me. Mi guardo intorno e chiedo a Carolina, in tono vivace e mondano:

«E il ristorante di Lorenzo? Non se ne sa più niente?»

«Apre in settembre. Perché? Non vi sentite?»

«Be'... mi ha telefonato una volta ma...» la voce mi muore. La resuscito. «E tu, lo senti?»

«Sì, certo. Cosa prendete?»

Sì certo? Cosa prendete? A schiaffi, la prenderei, ecco cosa.

«Carolina. Dimmi una cosa se no mi stritolo questo bicchiere tra le mani. Lorenzo ti ha chiesto qualcosa di me e di Alex?»

Carolina non mi risponde. Prende un tovagliolino di carta, apre la borsetta, tira fuori la sua agendina, la apre, copia un numero sul tovagliolino di carta e me lo porge.

«Tieni. No, non mi ha chiesto niente di te e di Alex. Questo è il suo numero di telefono. Mi piacerebbe molto saperne di più su quello che sta succedendo tra te, lui e quell'altro, ma purtroppo in questo momento abbiamo una faccenda più urgente da sistemare. Sofia!»

Sofia, che stava osservando una foglia spostandola su e giù per il tavolo, si riscuote.

«Sofia. Conti di andare avanti ancora a lungo con questa storia di Milarepa?»

Resto veramente di sasso. Non avrei mai immaginato che Carolina sapesse chi è Milarepa. Legge solo gialli e romanzi d'amore, oppure libri di giardinaggio e fai-da-te. Sofia sospira.

«Se ti riferisci al mio cambiamento interiore, posso dirti che siamo ancora in una fase crisalica».

La guardo inorridita.

«Sofia! Tu hai avuto un cambiamento interiore e non mi hai detto niente? Una niçoise, grazie».

È comparso il cameriere. Carolina ordina insalata di polipo e Saint-Honoré. Sofia chiede un passato di miglio.

Il cameriere rabbrividisce.

«Non abbiamo miglio, signora».

«E che passato avete?»

Spero con tutta me stessa che il cameriere risponda 'burrascoso', ma l'uomo non ha inclinazioni cabarettistiche e offre la scelta fra carote e asparagi. Sofia prende il passato di carote, forse perché come colore si avvicina di più al miglio. Poi mi risponde:

«In questo periodo non ti si può parlare, Costanza. Vivi in una tua interiorità malata, o innamorata, che esclude gli altri. Il tuo alone interiore mi respinge. Comunque, volevo dirvelo già da un po'. Non vado più dalla psicologa. Rebecca mi ha fatto conoscere una piccola comunità buddhista e sono in contatto con loro via Internet».

«Ma Rebecca non sta preparando la maturità? Perché non pensa a quello, invece? L'ultima volta che ti ha fatto conoscere qualcuno è stato Ugo! Non potrebbe farsi i fattacci suoi?» esplode, non a torto, Carolina. Ma Sofia alza una mano, impassibile come il Dalai Lama.

«Le ho chiesto io di aiutarmi a trovare un vaso in cui riversare il mio distacco. Vedete, da quando ho scaricato Torment a Portovenere mi sento un'altra. Ero così rovinata, dopo che Amedeo mi aveva lasciata. Non riuscivo a elaborare il lutto per l'abbandono...»

«...diceva la tua psicologa» completo io, volenterosa.

Sofia mi guarda di bruttissimo.

«Adesso sono rinata. Ho abbandonato io. Io posso abbandonare. Abbandonare, per me, è diventato un verbo attivo. Io lascio, io mi stacco. Mi stacco e mi distacco. Dovete capirmi: sto sperimentando un percorso interiore di cui ancora non conosco l'esito».

Carolina pensa di conoscerne l'esito e lo illustra a Sofia: bancarotta e fallimento di Carta e Cuci. Volano parole grosse, e per un attimo ho paura che comincino a tirarsi polipi e cucchiaiate di carote molli, ma cerco di mediare e alla fine Sofia promette di sospendere il suo percorso interiore nelle ore di negozio. Le rammento che venerdì sera siamo tutte da lei per una Cena delle Cugine, e la supplico di non prepararci miglio. Mi dice che se vogliamo consumare cibi aggressivi e manipolati è meglio se ce li portiamo da casa. E questa è la stessa donna che avrebbe ucciso e rubato per una meringata. Tutta colpa di Amedeo.

ore 19.30. via angelo mosca

Non vado a casa, quando esco dal negozio. Mi compro un gelato e faccio una passeggiata, pensando alla kryptonite. Non riesco a ricordare le caratteristiche dei diversi colori. La kryptonite rossa faceva perdere i poteri a Superman? O era quella verde? E se era quella rossa, quella verde cosa gli faceva? Lo intronava? E sono veramente sicura che esistesse una kryptonite rossa e una verde? Mi sembra addirittura che ce ne fosse un'altra. La kryptonite d'oro, che aveva effetti ancora più spaventosi. Forse uccideva Superman. Forse, a lungo andare, tutte le kryptoniti uccidevano Superman. Il motivo per cui penso tanto alla kryptonite è il tovagliolino di carta con il numero di Lorenzo che ho in un taschino dello zainetto. Penso che è come avere in borsa un pezzetto di kryptonite, ma non riesco a decidere di quale colore. Intanto che mi macero, noto parcheggiata all'angolo tra via Angelo Mosca e corso Fiume la macchina di Veronica. La riconosco perché ha appiccicati sulla portiera del guidatore sei adesivi del wwf e quattro figurine di Barbie. Mi chiedo cosa ci fa la macchina di Veronica qui, alle sette e mezza, un'ora in cui di solito quella madre esemplare è a casa a cuocere il cavolfiore o altra verdura per cena. Ma non me lo chiedo a lungo: la chiesa di Sant'Agnese, che svetta bella grande a meno di dieci metri di distanza, richiama vistosamente la mia attenzione. È il contenuto di questa chiesa a spiegare l'insolito parcheggio di Veronica, ovvero il consolante Don Vittorio. Ecco dove passa i pomeriggi quello stinco di santerellina! Decido di lasciarle sotto il tergicristallo un biglietto di velate accuse, e mentre sono lì che compongo una specie di lettera minatoria su una pagina della mia agendina arriva Veronica stessa, circondata da uno spessore compatto di bambini. Straccio il foglietto.

«Ehi. Ti stavo lasciando un biglietto».

«Ciao... volevo chiamarti stasera per sentire se ci sono notizie di Bibi...»

«Niente. Dobbiamo sentire Rebecca se è arrivato qualcosa in e-mail. Senti un po'...»

Abbasso la voce in un rauco sospiro mafioso. I bambini sono sciamati a guardare le vetrine del cartolaio-giocattolaio qui di fronte, tranne Sailor Maria che si sta togliendo le scarpe nel suo passeggino.

«Senti un po'... ma te li porti tutti dietro anche quando vai dal tuo amante?»

«Dal mio amante chi?»

«E dai, Veronica... basta... tanto lo sai che a me non me ne importa niente. Non sono mica religiosa o cose del genere. Dillo. Ammettilo. Un po' di tempo fa vi ho perfino visti sulla porta della chiesa che vi baciavate».

«Che ci baciavamo? E chi eravamo?»

«Voi. Tu e Don Vittorio. Quello che ti dà conforto. Hai una storia con lui, dai... come *Uccelli di Rovo*. Col parroco di Sant'Agnese».

Questo si chiama inchiodare una cugina. Veronica resta un attimo senza parole. Poi mi guarda con perplessità scientifica.

«Vuoi dire che tu vivi nella convinzione di avermi vista sulla porta di Sant'Agnese che baciavo Don Vittorio?»

Se c'è una cosa che odio è quando le mie cugine, parlandomi, assumono quel tono da Melania Freud o Klein o come si chiamava. Un convegno di psicanaliste alle prese con una mente disturbata.

«Non proprio. Non è che proprio vi baciavate. Non saresti così scemi da farlo sulla porta della chiesa. Lo avevate fatto dentro».

«Costanza, levatelo dalla testa e anche subito. Io non ho nessuna storia con Don Vittorio. Mi rivolgo a lui per conforto e consiglio perché sono una sua parrocchiana, lo conosco da un sacco di tempo e mi fido di lui. I preti servono anche a questo, sai? Come ti è venuta un'idea tanto idiota?»

E chissà. Come mi vengono, le idee idiote? Così, da sole, un frullo e voilà, me ne atterra una nel cervellino. Ma non sono disposta a mollare tanto facilmente.

«Idiota? Ah sì? E allora com'è che a quest'ora sei qui invece che a casa a preparare la cena?»

«Siamo venuti a prendere Gabriele che aveva catechismo. Lo trovi sospetto?»

ORE 21.30. CASA MIA

È inutile. Non resisto. Non posso resistere, non ce la faccio, non riesco. Devo chiamarlo. Adesso lo chiamo perché devo chiamarlo. Con che scusa? Cosa gli dico?

Non posso partire con una frase tipo: «Ciao, Lorenzo, lo sai che non vedo più Alex e ti penso tanto da avere mal di stomaco però onestamente non so se è amore o solo una scapricciata che magari facciamo l'amore una volta e poi non ci penso più come mi è successo già in altre occasioni, ad esempio con Marcello Actis della Mondadori, lo conosci?» Anche perché non è vero che non vedo più Alex. Non l'ho più fatto venire in casa, ma vederlo lo vedo perché passa continuamente in negozio a dirmi che mi ama, e mi telefona di notte e ieri se è per quello ci siamo baciati nella sua macchina. Comunque io lo chiamo. La scusa la trovo. Ad esempio, gli chiedo se lui nella Sacher la marmellata la mette in mezzo o sotto la glassa. Una domanda classica. In fondo è un cuoco, no? E in tutto questo tempo, non mi ha mai e dico mai dato una sola ricetta. Una volta gli ho chiesto come fa il coniglio alla Trappista e ha tergiversato. È un egoista. Ecco, bella carica e pronta a un'accanita discussione di cucina, formo il suo numero. Dopo qualche classico buzz buzz da linea inglese, una voce dice *Hallo*.

Ma non è la voce di Lorenzo.

È una voce di donna. Calma. Forse è una cameriera. Niente panico. «May I speak to Mr. Marelli, please?» le dico con voce internazionale. L'infinitesimale pausa offesa prima di chiedermi *who's speaking* mi dice già che non è una cameriera. Riattaccherei, ma mi sento scema. *A friend*, rispondo. La signorina dice *a moment*, e poi la sento gorgheggiare, Lorenzo, *darling*, *fichsgfrtthyuiiolfoyu* (non capisco poi così bene l'inglese).

Lorenzo *darling*? Mi basta. Riattacco, e vado a prepararmi un purè con patate, latte, burro e lacrime.

ORE 0.30 CASA MIA

Quando suona il telefono mi sono abbastanza ripresa e sto guardando la cassetta di *Sogno di prigioniero*. Sono nel pieno di una delle liquide visioni di Gary Cooper e faccio *Pausa* sbuffando per rispondere.

«Costanza. Mi hai chiamato tu, prima?»

Quello che mi fa istantaneamente imbestialire è che da quando l'ho chiamato sono passate tre ore. Quindi che cosa ha fatto, lui? Ha passato la sua bella seratina con Lorenzo Darling e poi, quando lei se l'è filata, o si è addormentata, o comunque non importa cosa, lui con tutta calma mi ha richiamato.

«No. Assolutamente».

«Peccato. Pensavo che fossi tu per come hai riattaccato».

«Non ho riattaccato e non ti ho chiamato. Ad ogni modo, come riattacco, io?»

«Offesa. Pazienza. Immagino che tu non possa tanto parlare, con Alex lì».

«Non c'è Alex qui. E tu, puoi parlare? Non c'è nessuno lì?»

«No. Sono solo. Come stai?»

«Strano. L'hai già mandata via, la tua amichetta?»

Riattacco. Probabilmente offesa. Stacco il telefono e faccio ripartire Gary Cooper. Così è la vita.

ORE 8.00 CASA MIA

Ogni tanto mi chiedo se non dovrei prendermi un gatto, dando così ufficialmente il via al mio zitellaggio. Me lo chiedo specialmente al mattino presto, mentre bevo il caffè, e guardo il Gatto, che mi fissa speranzoso dietro la finestra. Il Gatto è bianco e nero, con due notevoli occhi turchese, e vive nel giardinetto di casa mia. Siccome c'è un glicine enorme che si arrampica lungo tutta la casa, lui va di balcone in balcone in cerca di cibo e piccole comodità. Io, oltre a nutrirlo, mi sono spinta fino a prepararli un cesto pieno di stracci morbidi in un angolo riparato del mio terrazzino, ma oltre non andrei. Lui ci spera, e sta lì a guardarmi, convinto che prima o poi lo farò entrare. Ma io non voglio un gatto in casa. Non voglio la cassetta con la sabbia, non voglio dovermi ricordare di comperare il Kitecat, e soprattutto non voglio essere una che vive sola con un gatto. Lo guardo. Lui mi guarda. Mi spiace, ma non se ne fa niente. Mentre verso un po' di latte sui miei Frosties, suona il citofono. Il citofono? A quest'ora?

Alla domanda 'chi è?' l'inverosimile risposta è 'le zie'.

Le zie... quante, quali e perché? Ma non ho tempo di farmi domande. Infilo un vecchio chimono sulla mia tenuta estiva da notte, T-shirt e mutandine, mi pettino, controllo con un'unica occhiata circolare che la casa sia in ordine e non ci sia biancheria sporca in giro. Per fortuna sto al terzo piano e l'ascensore è lento. Quando apro la porta, mi si parano davanti in splendida forma la zia Carla e la zia Susanna, rispettivamente mamme di Sofia e di Bibi. Una è molto elegante e ha in mano un pacchetto, l'altra è molto elegante e ha in mano una pianta di ortensia fiorita.

«Zie! Questa è una sorpresa!»

«Scusaci, tesoro... è un'ora infame e senza neanche avvertirti» parlando, zia Carla posa il pacchetto, toglie la pianta dalle mani della zia Susanna e mi bacia, tutto insieme «ma sappiamo che poi vai a lavorare e volevamo essere sicure di trovarti. Stamattina eravamo già da queste parti, perché siamo andate alla Messa della signora Greco».

«È morta? La signora Greco? Ma se è venuta in negozio soltanto l'altro ier...»

«No, sta benissimo, ma tutti i suoi figli stanno divorziando e allora ha fatto dire una Messa sperando che le cose si aggiustino un po'.

Mi sembra veramente un tentativo disperato, ma non faccio commenti, perché se c'è una cosa che ho velocemente imparato ancora da bambina è che con le zie è meglio non scherzare su A) Messe B) Divorzi.

Accetto con sincero piacere i loro doni, la classica pianta e una più stravagante ma bellissima bottiglia di vetro azzurro a forma di Torre del Cremlino. L'ha trovata la zia Carla in un paesino del Veneto: una fabbrica locale ne sfornava a getto continuo, e lei giustamente ne ha comprate una trentina da regalare in famiglia. La zia Susanna, invece, è la più introversa delle sorelle Botto: le piace appostarsi nel parco della Burcina con un binocolo, per osservare i falchi che passano e i rododendri che sbocciano. La sua energia è di tipo implosivo, nel senso che potrebbe anche uccidere, ma solo col veleno. La zia Carla la vedo meglio con un pugnale. Per il momento, però, si limitano a bere il caffè che ho preparato, e a scrutarsi attorno per vedere se ci sono in giro foto di uomini. Dopo qualche piacevole riflessione sul modo migliore di preparare la torta Umberto, una celebre ricetta della nonna, le zie vengono finalmente al punto.

«Costanza» attacca zia Susanna, «sono molto preoccupata per Maria Olimpia. Da due settimane non abbiamo sue notizie».

«Quello lì non risponde neanche alle nostre chiamate» rincara zia Carla, che non ha mai stravisto per Nigel.

«Tu le hai parlato? Sai qualcosa? Hai idea di come metterti in contatto con lei?»

«E il suo cellulare? Avete chiamato?»

«Non prende. Dev'essere in un posto dove non c'è campo».

Mi si agghiaccia il cuore, perché un posto dove sicuramente di campo non ce n'è è il fondo del fiume di Vancouver che ancora non so qual è, bisogna che guardi sull'Atlante.

«Senti, zia, non ti angosciare... lo sappiamo tutti com'è Bibi...»

E qui parto con la tiritera d'obbligo, ma mentre la descrivo in giro per il mondo dimentica di casa e famiglia, continuo a vedermi Nigel e Rosa che la chiudono in un sacco di juta, soltanto che Rosa non l'ho mai vista, e allora me la immagino con la faccia di Stefania Sandrelli. Però, mentre con le zie esaminiamo tutte le ipotesi tranne l'unica a cui pensiamo veramente, e cioè che Nigel l'abbia ammazzata, mi viene una semplice idea funzionale.

«Zie! Il bancomat!»

Ma certo. Per capire dov'è Bibi, e se Bibi c'è, basta controllare se negli ultimi giorni ha fatto dei prelievi, e dove. Conosciamo tutte Bibi abbastanza da sapere che, se è viva, ha prelevato, spesso e abbondantemente. Galvanizzate da questa apertura all'azione le ragazze schizzano via, per affidare alle capaci segretarie dei loro mariti queste delicate indagini bancarie.

Ho appena il tempo di infilarmi qualcosa di rosso e correre in negozio.

ORE 21.00. GIULEBBE

Oggi, mentre impacchettavo otto metri di nastri di raso assortiti per una signora, ho preso l'inderogabile decisione di lasciare attivamente Alex. Finora, ho cercato di lasciarlo passivamente, vale a dire per sottrazione: negandomi un po', sbadigliandogli in faccia, mancando di entusiasmo, nicchiando, tergiversando, fingendo di aver da fare. Ma non sta funzionando. Da elusivo, s'è trasformato in trapanante. (Perché adesso? Perché non prima?) Quindi devo fargli questa semplice e risolutiva dichiarazione:

NON TI AMO PIÙ
NON MI PIACI PIÙ
NON TI DESIDERO
NON TI STIMO
QUANDO MI BACI
È COME BACIARE
LA CARTA ASSORBENTE.
E FORSE NON TI AMAVO NEANCHE PRIMA
ERA SOLO OSTINAZIONE
TIGNOSA.

Mi chiedo se per caso questa mia dichiarazione di non-amore sia un haiku, e sto contando le sillabe quando Sofia si avvicina e mi sussurra:

«Ti vuole quello lì al telefono». Tale e quale a sua madre.

Alex mi propone di andare a cena insieme. Non da soli, per carità, non esiste ristorante cittadino dove non possa entrare qualcuno che lo conosce, ma mimetizzati in una specie di cena di lavoro insieme a dei suoi colleghi e un giovane regista che sta girando il suo secondo film nella nostra città e forse avrebbe bisogno di Carta e Cuci per alcune sequenze. Questo è il destino che sta veramente facendo del suo meglio per collaborare. Alla fine della serata, quando rentreremo sull noi due, gli snocciolerò il mio haiku.

E così mi sorbisco un lento pasto nouvelle cuisine da Giulebbe, un ristorante molto alla moda, che è arredato come una biblioteca e propone cibi deliziosi a piccole porzioni e prezzi sontuosi. La serata è di una noia senza attenuanti. Il giovane regista ci spiega, attimo per attimo, il piano sequenza di venticinque minuti che apre il suo film, e che dovrebbe includere le riprese da Carta e Cuci, dove il protagonista entra per comprare la carta su cui scrivere una lettera di addio prima di far finta di suicidarsi. Una breve digressione riguarda il tipo di carta più adatto al messaggio di un finto suicida. Il regista propone carta di riso, Alex un foglio strappato da un quaderno a quadretti, io un cartoncino Bristol. Mi fa molto ridere l'idea di uno che scrive le sue ultime parole su un cartoncino Bristol. Fa ridere soltanto me. A quel punto, non li ascolto più. L'unica cosa che ancora mi interessa è scucirgli un provino per Tommaso e Rebecca, ci riesco, e poi mi chiudo in un mio Nirvana sordomuto. Non potete neanche immaginarvi la mia gioia selvaggia quando in questo spesso turgore di tedio la porta di Giulebbe si apre ed entrano Irene e Andrea Maffei, uno dei possibili padri di cui è incinta. E, sorpresa, dietro di loro entra anche Giacomo Colongo di Bernengo, l'altro possibile padre di cui è incinta. Chiude la fila Cristina, l'amica del cuore di Irene. Cosa mi combina, questo bel quartetto? Aspetto che siano seduti, borbotto qualcosa ai miei compagni di tavola, e schizzo da loro. Irene non mi vede arrivare con entusiasmo. Saluto Cristina, una simpatica ragazza con i capelli rossi che dieci anni fa si è trasferita in Liguria, e ha impiantato una coltivazione di erbe aromatiche. Le do una pacca sulla testa.

«Sai di timo! Che ci fai qui?»

«Aspetto un bambino!» urla entusiasta.

«Anche tu?» ribatto io, un po' sbadata ma contenta, perché Cristina e suo marito ci tenevano tanto a questo bambino.

«Dal Brasile!» completa Cristina. Mentre mi racconta la felice storia dell'adozione portata a termine, e del pupo che sta per andare a prendere a Belo Horizonte, Irene mi fulmina in tutti i modi, ma secondo me esagera, perché quell''anche' poteva riferirsi a chiunque. Ad esempio a me. E difatti, Andrea non si fa sfuggire l'occasione.

«Sei incinta, Costanza? E a chi appartiene il fortunato spermatozoo?»

«No... non io... la mia socia del negozio...» butto lì, incrociando le dita e sperando che Carolina non venga mai a saperlo.

«Ti chiamano dal tuo tavolo, Costy» mente Irene.

Ma io non ho la minima intenzione di beccarmi il resto del piano sequenza. Recupero una sedia di passaggio, mi piazzo, e sorrido.

«E allora, Giacomino, ti ricordi di me?»

Giacomo mi guarda con due bellissimi occhi blu, profondi come due pozzette di pioggia.

«Mi pare proprio di sì. Sei Costanza, la cugina di Irene. Quanto tempo! Come stai?..»

«Molto bene, grazie. Sei cresciuto, eh?»

«Anche tu. Mi ricordo che da piccola avevi i codini...»

La conversazione fila che è una bellezza. Forse Giacomo non è poi così stupido. Comincio ad augurarmi che sia lui il papi del bebè. Cerco di cementare l'amicizia.

«Senti, Giacomo, ti ricordi quella volta che siamo entrati in bicicletta nella tabaccheria del paese?»

«No. Però mi ricordo che una volta mi hai chiuso in cantina. A casa di tua nonna».

Niente di più facile. Gli sorrido con sincero affetto.

«Perdonata? Allora, come vanno le cose a Baghdad?»

Calcione di Irene sotto il tavolo. Dunque Andrea non sa che è andata a Baghdad con Giacomo. Interviene Cristina, che evidentemente lo sa:

«A Baghdad il cardamomo costa pochissimo».

Silenzio. Non è un'osservazione a cui è facile agganciarsi. Andrea però ci riesce.

«A Budapest, invece, erano le puttane a costare pochissimo».

Sono molto interessata al proseguimento della conversazione e della serata, ma arriva il cameriere e tutti ordinano. Come cortesia della casa in attesa dei piatti, depone sul tavolo delle focaccine al lardo. Irene allunga una mano e io le faccio dei segnacci. Lo sanno tutti che le donne incinte non devono mangiare lardo. Giacomo mi vede e si preoccupa.

«Costanza, non stai bene? Sei viola».

Irene ne approfitta per trascinarmi via, dicendo che mi accompagna in bagno. Il bagno di Giulebbe è in stile vittoriano, ma lei non mi dà il tempo di ammirarlo.

«Sei cretina? Mi vuoi rovinare tutto? Lo sa solo Cris che sono incinta, idiota. Guai se quelli sospettano qualcosa. Non ho ancora deciso niente».

«Okay, ti chiedo scusa, ma, primo, non mangiare lardo crudo, secondo, perché sei uscita con tutti e due?»

«Per metterli a confronto. Visto che Cristina è qui per un po', volevo che li vedesse anche lei, e mi desse un parere».

«Irene, sono due imbecilli. Mandali al diavolo, e augurati che il bimbo prenda da te».

«Non ho intenzione di allevare un figlio da sola».

«Senti, ne parliamo domani sera da Sofia».

«Sì, buone, quelle. Ho telefonato a tutte, e non una che mi abbia detto qualcosa di sensato. Adesso torna al tuo tavolo, prima di combinare qualche guaio».

«Va bene. Ah. Stasera lascio Alex».

«Sì, figurati...»

Come sarebbe, sì figurami? Come si permette? Perché mai nessuno crede che io lascerò Alex? Adesso vedono.

ORE 3.30. SANTA MARGHERITA LIGURE

E così stanotte ho imparato qualcosa che sicuramente non dimenticherò: non lasciare mai un uomo mentre è al volante, se in quel momento sei in macchina con lui.

Quando usciamo da Giulebbe Alex è un po' ubriaco. Non lo biasimo per questo. Stai per ore seduto a tavola con un regista che ti racconta il suo film, il minimo che puoi fare è bere tutto quello che ti capita a tiro. In più, io detesto gli uomini ubriachi, mi ispirano repulsione, e perciò mi vedo parecchio facilitato il compito di lasciarlo. Mi accompagna a casa, e parcheggia a mezzo isolato dal mio portone. Spegne il motore, e inizia un fluido movimento che dovrebbe portarlo a scendere dalla macchina, e a quel punto, respirando l'aria gelida del timor panico, gli dico:

«Alex, preferisco che tu non salga. Avrei deciso di non vederti più».

«Ah, tu avresti? Avresti o hai?»

«Ho. Ho deciso di non vederti più. Il nostro rapporto non ha più senso, e comunque lo sappiamo benissimo tutti e due che fra noi è finita quella sera all'aeroporto».

«Ah! allora mi porti rancore! L'ho visto, sai, in questo periodo che non eri veramente tu... eri strana... tu non mi hai perdonato... e va bene. Dai. Andiamo a casa mia a dire tutto a Gloria. Prendo tre camicie e mi trasferisco da te».

«Alex, primo non ci credo, secondo è tardi. Non ti amo più».

«Tu mi ami ancora. Mi ami troppo per non amarmi più».

Mi ricordo adesso perché non posso soffrire gli ubriachi. Perché gli viene un cervello di gomma contro cui i concetti rimbalzano.

«Non ti amo più abbastanza per amarti troppo» gli rispondo, cercando di entrare nel suo circuito.

Ma è inutile. Delira, urla, supplica, promette. A un certo punto scende dalla macchina e va a sdraiarsi sulle rotaie del tram, sostenendo che se davvero voglio lasciarlo, preferisce farsi stritolare dal 15, il tram che prendeva per andare al liceo.

«Alzati! Andiamo a parlarne da un'altra parte, va bene?»

«A casa tua».

«No. A casa mia no».

«Allora ti porto in collina. Voglio parlarti all'Osservatorio... voglio guardare insieme a te l'orbita eterna dei pianeti».

«Va bene. Basta che ti alzi da lì».

E questo è il mio implacabile errore. Risalire su quella macchina e permettergli di rimettersi al volante. Prima ancora che io abbia finito di sistemarmi sul sedile, siamo sull'autostrada per Genova, lanciati a folle velocità.

«Hai detto che mi portavi in collina!»

«In collina ma al mare. Al mare *e* in collina. Sulla bella collina che sta sul mare e al mare che sta sotto la collina, la collina dove ho la mia bella casa del mare a picco sulla collina del mare, la bella casa sul mare ti porto lì».

Apre il cassettino della macchina e tira fuori una fiaschetta d'argento.

«Non bere più! Da quand'è che sei così alcolista?»

«Da quando voi donne mi avete spezzato come un ossicino dei desideri!»

«Comunque adesso smetti. Dai, se no ci schiantiamo».

«E schiantiamoci! Almeno tu sarai contenta, Gloria sarà contenta, e anche Babette sarà contenta».

«E chi è Babette?»

«Tu non ti preoccupare».

«No, infatti, non me ne importa niente anche se hai cento Babette ma per favore riportami a casa se no mi butto fuori».

«Ti faresti molto molto male. Tutte quelle belle coscette di albicocca scarnificate dall'asfalto!»

In effetti, andiamo ai 180. Capisco che buttarmi fuori è pleonastico, tra poco morirò comunque.

«Senti, Alex. Facciamo una cosa. Torniamo indietro e andiamo a casa mia a fare l'amore... forse mi sbaglio... forse ti amo ancora... solo se stiamo insieme un po' posso capirlo...»

«No, no che non ti credo! Lo dici perché hai fifa! Fifa blu! Blu blu, la fifa è blu...» canta il demente, e io mi trovo costretta a fare il classico voto di famiglia, e cioè che se la scampo vado a piedi fino al Santuario di Oropa. Quando Alex si sposta bruscamente a sinistra per sorpassare un TIR mentre ci sta sorpassando un fuoristrada aggiungo un supplemento di voto: se la scampo, non mangerò cioccolata per un anno.

«Si può sapere almeno dove stiamo andando?»

«A Santa Margherita, a fare l'amore sulla spiaggia».

Che bellissima idea. Guardo l'indicatore della benzina. Se deve fermarsi per fare il pieno, mi consegno al benzinaio. Neanche le sorelle Arquette in un film dei fratelli Cohen potrebbero essere più decise di me ad affrontare i rischi della notte. Ma il serbatoio è quasi pieno. Non ho speranze.

Tra Genova e Santa Margherita l'umore di Alex peggiora molto. Ormai la fiaschetta è vuota, non canta più, e gli è venuta nostalgia di Gloria.

«A diciannove anni era la ragazza più bella del mondo... anche adesso è la ragazza più bella del mondo... e questa volta l'ho persa per sempre. Le ho promesso di non tornare mai più a casa tardi, e guarda che ora è. Tutto per colpa tua!»

«Non è detto... fermiamoci... telefonale... inventa qualcosa...»

Toglie una mano dal volante e cerca di schiaffeggiarmi. Ormai gli ho rovinato per sempre la vita, dice, mi odia e gli faccio schifo anche fisicamente.

«Ti ho tradita sempre, in questi sedici anni! Con chiunque! Tutte me le sono fatte! Tutte! Hai presente quella tizia dell'Ufficio Stampa del Piccolo di Milano?

E quell'attrice... Milena Motti... e la tua amica Olga, anche lei, e Lucia, Maria Pia, e quella professoressa della Normale di Pisa con le labbra rifatte, e...»

Va avanti un pezzo, e io prego soltanto che questo stato d'animo lo induca prima o poi a inchiodare e a sbattermi giù, ma niente da fare, non si ferma finché non siamo davanti ai bagni Miramare di Santa Margherita, proprio quelli dove ha conosciuto Gloria. Tutta presa dall'ebbrezza di essere viva, scendo dalla macchina e mi guardo intorno. Ce l'avrà, una stazione, questo paese?

Alex si trascina giù dalla macchina e mi propone una passeggiata fino a un posto che sa lui, aperto anche a quest'ora, dove potremo bere dell'ottimo vinello locale. Per me è perfetto. Appena arrivata in questo posto, chiamerò un taxi e mi farò portare via. Purtroppo, Alex non è più in grado di camminare e dopo tre passi vacillanti si abbatte su una panchina del lungomare. Mi indica le stelle, e cerca di raccontarmi l'inizio di un film di Peter Greenaway, ma dopo tre frasi si addormenta.

Mi sembra la giusta fine per la storia d'amore più inutile del dopoguerra. Lo lascio su quella panchina senza un briciolo di rimorso. Lo ammazzeranno, lo deruberanno, gli porteranno via la macchina, lo rapiranno per venderlo a un sultano gay. Fatti suoi. Io trovo la stazione, e prendo il regionale delle 5.20, che mi riporta a casa. Durante il viaggio, rifletto sui misteriosi fili che legano le cugine. Per la seconda volta in poco meno di un mese, una di noi ha lasciato un fidanzato mollandolo in un piccolo posto di mare. Chissà se anche Bibi ha salutato Nigel su una spiaggia...

Alle otto entro in casa. Posso dormire sì e no un paio d'ore prima di andare in negozio, ma che importa? Sono viva, intera, e libera da Alex. Nella segreteria ci sono due messaggi. Il primo è di Lorenzo.

«*Ciao Costanza. Sono le tre, e ho pensato di svegliarti per parlare un po' di tutta quanta la faccenda. Ma non ci sei. So che non ci sei perché sono sicuro che tieni il telefono sul comodino, e se ci fossi mi avresti sentito. Non so dove puoi essere alle tre di notte. E forse preferisco non saperlo. Non richiamarmi*».

Il secondo, no.

«*Tesoro sono la mamma, scusa se ti chiamo a quest'ora ma tanto non ci sei. Mi ha appena telefonato la zia Susanna per dirmi che grazie al tuo suggerimento hanno rintracciato Maria Olimpia. Ha fatto prelievi a... aspetta... ti leggo i nomi tanto la tua è una di quelle segreterie che non finiscono mai... ecco... me li sono scritti perché sai che io con la geografia... a Lima, a Bahia, a Dakar, a Johannesburg, a Durban e l'ultimo tre giorni fa a Perth, che secondo la zia è in Canada ma a me pare che sia la capitale della Siberia. Chissà che freddo, povera Bibi. Ciao, ci vediamo domenica*».

ORE 20.30. CASA DI SOFIA

«... e così l'ho lasciato lì. Volevo sentire un tigì, per vedere se l'avevano ammazzato o cosa...»

«Si saprebbe» dice Veronica, «le voci circolano. Se un tizio relativamente famoso come lui fosse stato sgozzato su una panchina a Santa Margherita, in negozio lo avreste saputo».

«Speriamo almeno che l'abbiano derubato» sospira Sofia, girando la zuppa di ceci. Irene guarda perplessa nella pentola.

«I ceci gonfiano».

«Ma sono pieni di proteine. Quello che ci vuole per te, in questo periodo» ribatte Sofia, rovesciandole una mestolata nel piatto.

Io sto annusando il tacchino alle olive che ha portato Irene (ma l'ha fatto, indovinate chi, la zia Margherita). Il tacchino alle olive è una famosa ricetta della nostra comune nonna, la nonna Luisa, e ce la tramandiamo una con l'altra in tante versioni tutte lievemente scorrette. Ma buonissime.

«Ci ha messo i capperi, tua madre?»

«Non so» ingrugna Irene.

«No...» Veronica assaggia «...però ci sento una punta di... aspetta... maggiorana. Tu ce la metti la maggiorana?» chiede a Sofia.

Sofia ribatte che lei non cucina più carne, comunque, ai tempi in cui ancora cucinava il tacchino alle olive, a volte sostituiva le cipolle con lo scalogno. Irene interviene per sostenere che il tacchino di sua madre è migliore del nostro perché lei la salsa la passa col passino, invece di frullarla col frullino, e questo provoca un coro di proteste e strenue difese del frullino. Rinvigorite da questa bella diatriba, affrontiamo l'ordine del giorno.

«Prima di tutto» esordisce Veronica, macinandosi il pepe nero sui ceci, «vorrei chiudere l'argomento Alex Varetto con un bel brindisi. Vi secca bere champagne con la zuppa di ceci?

Non secca a nessuna, nemmeno a Sofia, che grazie al cielo sta iscrivendosi al Buddhismo e non all'Islam.

Veronica tira fuori dal frigo la bottiglia di Krug che ci ha messo prima, lo stappa, ce lo versa, e fa il suo brindisi.

«Alla fine di un incubo, all'uscita di Alex Varetto dalla vita di Costanza e dalla nostra, a non più vederlo né sentirlo nominare, alla speranza che le nostre figlie femmine non siano mai tanto oche da farsi abbindolare da uno come lui».

Dovrei sentirmi un po' offesa, ma tutto sommato mi pare che come brindisi non faccia una piega. Almeno fino alla conclusione.

«... e al ruolo decisivo che ho modestamente sostenuto in questa rottura».

La fissiamo. E io, in un lampo di intuito sovrannaturale, capisco che Veronica è Babette! Sì, la misteriosa Babette di cui Alex farneticava stanotte, è lei, che l'ha sedotto sotto pseudonimo per salvarmi.

«Sei Babettte!» urlo.

Veronica mi guarda.

«Sei Babette?» ripete. «Cos'è, un insulto?»

Non è Babette.

«Niente. Poi ti spiego. Vai avanti. Che cosa avresti fatto, tu, per questa rottura?»

«Ho scritto al *Venerdì* di *Repubblica*. A 'Questioni di cuore'» risponde, con quieto orgoglio, mia cugina.

21.30. CASA DI SOFIA

E così è stata lei. Quella viperina cheta per anni ha accumulato nel suo cervello a carta moschicida tutte le informazioni su Alex che io le passavo nel corso di confidenze, pianti, lamentele ed entusiasmi. In più, viene fuori che va dalla stessa estetista di Gloria, e che questa estetista ha vilmente tradito tutte le confidenze di Gloria stessa, raccontando a Veronica piccanti particolari che le sono stati molto utili per la famosa lettera.

«E come mai? Com'è che è venuta a raccontarti tutti i segreti di una cliente ricca come lei?»

«Sembra strano, lo so, specialmente visto che io ci andrò due volte all'anno se va bene. Ma ve la ricordate Delia? La cameriera di mia nonna Amélie?»

Ce la ricordiamo. Quando eravamo piccole, e per qualche giro di famiglia finivamo a casa dell'altra nonna di Veronica, questa Delia ci faceva filare come calciatorini del Subbuteo.

«Be', la mia estetista è nipote di Delia».

E questo, almeno nella nostra città, spiega tutto.

L'impresa di Veronica ci ha tenute occupate per tutta la zuppa di ceci e il tacchino con le olive, e anche durante l'insalata non riusciamo a staccarcene.

Veronica sostiene che a un certo punto si è resa conto che bisognava fare qualcosa prima che mi spuntassero i capelli bianchi. E così le è venuta l'idea. Ha pensato che se la Aspesi pubblicava la lettera, sarebbe successo un bel finimondo.

«Ero abbastanza sicura che in ogni caso il risultato finale sarebbe stato che Alex ti mollava e restava con sua moglie».

«Molto furba. Peccato che c'è mancato un niente che venisse a vivere con me... e hai avuto anche il fegato di accompagnarmi a comprare IL CASSETTONE ROSSO ALL'IKEA!» urlo, pensando alla sovrumana doppiezza di questa bionda.

«In effetti, a quel punto ho un po' tremato. Eppure, me lo sentivo che Gloria non lo avrebbe permesso. Secondo me, quella sera all'aereoporto lei sapeva perfettamente perché TU eri lì».

«Ma che razza di donna è?»

«Una che va a sfilare il marito dal letto delle altre».

Amen. Con l'ultima forchettata di carote e finocchi,

passiamo all'argomento Bibi. Grazie ai potentissimi sistemi di comunicazione familiare, sanno già tutte che è a Perth. In compenso, nessuna di noi sa dov'è Perth. Sofia va a prendere l'Atlante, e in men che non si dica la troviamo, in basso a sinistra dell'Australia, in una zona un po' verdina e gialla.

«Poteva andare a Lancelin» dico, guardando i nomi di altre città della zona, «o a Gingin. O a Wanneroo, o a Waroona o a...»

Irene chiude l'Atlante.

«Piantala, Costanza. Secondo voi, che cosa starà combinando?»

Siamo tutte abbastanza d'accordo che l'unica forma di vita che può indurre Bibi a visitare Perth è l'uomo, e ci chiediamo se sia un australiano conosciuto a Dakar, un navigatore solitario brasiliano, o un tizio di Johannesburg che sta cercando di sfuggirle. Sofia assicura che Rebecca tiene d'occhio la e-mail giorno e notte, dopodiché arriva il momento di affrontare il vero argomento scottante della serata.

A chi affibbiare il bambino di Irene?

Di chi è, al momento non lo sappiamo, ma scoprirlo non sarà un problema. Basta aspettare che nasca e vedere a chi assomiglia. Lo so che secoli di letteratura, cinema e *Novella Tremila* si basano sull'incertezza della paternità, ma è un fatto che in nove casi su dieci per capire di chi è figlio un bambino basta guardarlo. I neonati spesso assomigliano ai loro genitori in un modo strabiliante che poi con gli anni si stempera.

O almeno, questa è la mia teoria, che però si dimostra subito poco popolare tra le cugine e in particolare presso la futura mamma.

«Che cosa dovrei fare, secondo te? Andarmene in giro a sfoggiare il mio pancione e quando mi chiedono notizie rispondere: mi spiace, ma se vuole sapere chi è il padre, venga magari a dare un'occhiata al pupo quando sarà nato?»

Io trovo che sarebbe un comportamento sensato, ma Veronica scuote la testa.

«Non badarle, Irene. Invece, dimmi una cosa: secondo te loro come reagirebbero alla notizia?»

Irene sospira e stacca un pezzetto di Cibo del Diavolo, la torta.

«Quante uova ci hai messo?»

«Tre intere e tre tuorli».

«Cioccolato o cacao?»

«Cacao. Irene, rispondimi. La ricetta te la do dopo. Come reagirebbero, se tu gli dicessi che sei incinta?»

«Non so. Giacomo sarebbe felice come una pila di Pasque. Mi ha già chiesto di sposarlo tre volte».

«E tu?»

«La prima gli ho detto di no. La seconda, a Baghdad, gli ho detto che non mi sono ancora ripresa dalla separazione, e la terza, ieri, gli ho chiesto se si rende conto che non potremmo sposarci in chiesa e che a sua madre verrebbe un infarto».

«E lui?»

«Mi ha detto che sua sorella è andata a vivere con un senegalese che ha un banco di tovaglie al mercato e che da allora sua mamma mangia solo semolino e parla con le fate».

«Okay» annuisco comprensiva, «allora è fatta».

«È fatta cosa? Io non voglio sposare Giacomo».

«E Andrea? Che ne direbbe di sposarti e avere un figlio?»

«Ne direbbe malissimo. In realtà, secondo me mi ama, solo che lui stesso...»

«Se stai per aggiungere 'non se ne rende conto', ti prendo a mestolate».

«Sta' zitta, Costanza. Allora? E del bambino, cosa ne potrebbe pensare?»

«Non so. Forse gli piacerebbe. Me l'ha menata fino allo sfinimento su quanto avrebbe voluto fare un figlio con l'ungherese. Perciò, se gli dico che è in arrivo un pargolino tutto suo...»

«Non lo farei. Se nasce un bietolone biondo uguale a Giacomo, ti spezza in due». E non scherzo. Una specie di malessere dentro che mi prende tutte le volte che lo vedo, mi dice che Andrea mena. È uno degli insospettabili, ma mena.

«Posso sempre dirgli che io e Giacomo siamo lontani cugini e si tratta di un salto genetico».

«Il record mondiale dei salti genetici».

Sofia interviene consigliando a Irene di lasciar perdere entrambi i possibili padri e andare a far nascere il bambino nell'ashram toscano dove lei trascorrerà le ferie.

«Vedrai come starai bene. Sarai in armonia con te stessa, e secondo me hai assolutamente bisogno di stare un po' lontana dai metalli. Il tuo lavoro ti tiene sempre a contatto con le loro onde elettrocariche magnetizzate e...»

«Vuol dire che disegnerò gioielli di soia» ribatte placida Irene.

«Sofia, lascia stare. Il buddhismo e Irene sono come il coso e la... quell'altra» annaspo.

«Il diavolo e l'acqua santa» mi soccorre Veronica.

«Quelli lì. Senti, Irene. Adesso noi ti daremo il nostro sincero consiglio...»

«No! Non lo voglio! Lo so già. Voi volete che me lo sobbarchi da sola. Ma non posso. Non posso. Guardatemi... peso quarantasei chili. Già gestire Oliviero mi strema».

«Ti strema? Ma se lo tiene quasi sempre tua madre».

«Mi strema anche farmelo tenere da mia madre. Figuratevi allevare due bambini. E poi cosa gli dico, a Oliviero? Che la sorellina l'ho trovata nelle uova Kinder?»

«E dire che l'ha portata Gesù Bambino?»

«Nasce in aprile, credo. No, non me la sento, davvero. Quando questo piccolino nascerà, io avrò un regolare compagno, e appena divorzio, avrò anche un regolare marito».

«Quindi, vuoi convincere Andrea».

«Vorrei sì. Andrea mi dà alla testa. Lo amo pazzamente. Ma lo disprezzo, mi è antipatico e mi tradirebbe a colazione, pranzo, merenda e cena».

«Allora sposa Giacomo. Ti adora, e anche se partorisci una fotocopia di Andrea, direbbe comunque che è il tuo ritratto».

«Se sposo Giacomo» ci informa Irene, senza metterci particolare enfasi, «nel giro di due mesi muoio di noia».

Con Bibi in Australia, Irene morta di noia e Sofia perduta nel buddhismo, i ranghi delle cugine rischiano di assottigliarsi molto. Veronica e io ci guardiamo preoccupate.

ORE 24.00 CASA DI SOFIA

È ora di andare via, domani lavoro, e ancora non mi sono ripresa dalla notte col pazzo, ma stiamo discutendo di un argomento veramente avvincente: il nome della pupa. Sì, perché Irene ha dichiarato che non vuole neanche lontanamente prendere in considerazione la possibilità che sia un maschio.

«Voglio un topolino di bambina, di quelle che richiedono meno manutenzione di una pianta».

«Allora devi mangiare mirtilli e pesce azzurro. Hanno un effetto calmante sulla personalità del feto» consiglia Sofia.

«Non chiamarla 'feto'!» protesta Irene, già mamma.

E così partiamo alla ricerca del nome. Sofia propone Luce Mandalaya Achmè. Veronica, molto più modestamente, suggerisce Margherita, sostenendo con una buona dose di ragione che la zia va in qualche modo gratificata, visto che anche quest'altra nipotina, come Oliviero, se la spupazzerà in lungo e in largo. Io, influenzata dalla simpatica Sailor Maria, voto Lisa come Lisa Simpson, Leeloo come la protagonista del *Quinto elemento* e Pippi come Calzelunghe. Irene, invece, ha una gran voglia di chiamarla Perla, in omaggio al suo lavoro.

«Allora chiamala Diamante, così le zie hanno qualcosa di cui parlare per sei mesi».

«Oppure Tiffany, come la colazione».

«O Aurea, come la Domus».

Ma anche le cose più belle finiscono, e a un certo punto siamo tutte sulla porta, che ce ne stiamo andando. Quando siamo già per le scale, mi rendo conto con un po' di rimorso che non ho informato le cugine del caso Lorenzo. D'altra parte, c'è poco da informare: io passo le notti in macchina con Alex, lui a casa con una bruna (ho deciso che Lorenzo darling ha la voce da bruna). Invece, Veronica ci ha brevemente edotte sulle novità del caso Sailor Maria. Lei ed Eugenio si sono parlati. Questo sviluppo da prima pagina si è verificato una sera, quando lei lo ha scoperto mentre cambiava la bambina facendole tickle tickle sul pancino e dicendole 'Paperotta stai ferma'.

Come sarebbe, ha giustamente protestato Veronica, 'Paperotta stai ferma?' È un secolo che che mi tratti come se fossi radioattiva per colpa di questa bambina, e appena giro gli occhi te la coccoli? E dunque? Dopo una accanita (ma sussurata, causa bambini dormienti) discussione, sono emerse due posizioni che potremmo schematizzare così:

EUGENIO ce l'ha con Veronica perché ha deciso di tenere Sailor senza consultarlo, l'ha messo di fronte al fatto compiuto, si comporta come se le faccende della famiglia riguardassero solo lei, è dispotica, se ne frega e fa sempre di testa sua neanche Eugenio fosse un ospite di passaggio. Detto questo, la bambina è tanto cara, e lui non vorrebbe mandarla in un istituto neanche dietro ingiunzione del tribunale, soprattutto dopo che le tue zie mi hanno sfinito per un'ora al matrimonio.

In sostanza, se Veronica striscia, chiede scusa e promette di non farlo più, lui gliela farà pagare ancora un minimo per salvare la faccia e poi tutto tornerà come prima.

(Ma com'era prima? Ci chiediamo con sguardi silenziosi noi tre).

VERONICA ce l'ha con Eugenio perché lei non ha preso una decisione da sola: pensava di attenersi molto semplicemente a una decisione presa insieme molto tempo prima, e che riguardava i bambini, il loro atteggiamento nei confronti dei medesimi, e una generale concezione della vita. Sarebbe come, dice Veronica, se ogni volta che c'è una bolletta da pagare mi consultassi con lui se pagarla o meno. Dal momento che siamo d'accordo che le bollette bisogna pagarle, io le pago. Quindi, Veronica non striscia, non chiede ognuno, ed è a sua volta molto offesa per l'atteggiamento scelto da Eugenio. Non avrebbe avuto niente in contrario a essere assalita con furore, ma essere ignorata con determinazione è impensabile.

Abbiamo quindi i coniugi Barra schierati uno di fronte all'altra, immobili come due formazioni calcaree. Ci vorrebbe una valanga, penso. O un treno che deraglia. Una tartaruga che cade dal cielo e manca per un pelo la testa di Eugenio. Veronica che rischia di soffocarsi con un grosso acino d'uva. Insomma, bisognerebbe che uno dei due corresse un gravissimo pericolo, e allora l'altro accorrerebbe col cuore stretto in una morsa di ghiaccio e tutto finirebbe tra lacrime a baci. Lo so, ho letto troppi romanzi della Rosa, da piccola.

Sul portone, ci salutiamo e ci diramiamo, ma un fischio acutissimo ci blocca mentre già stiamo allontanandoci. È Tommaso, il ragazzo di Rebecca, che ha scelto questa efficace forma di richiamo collettivo su indicazione della sua amichetta.

«Ehi! Venite qua!» si sbraccia Rebecca.

Torniamo indietro, ubbidienti come agnelline. Tommaso e Rebecca sono appena scesi da una macchina parcheggiata davanti al portone di Sofia. Lui è in canottiera e pantaloni bianchi, tipo garzone del fornaio. Lei a un primo sguardo mi sembra vestita da Esmeralda, il personaggio di Disney-Hugo. A un secondo sguardo, anche.

La fissiamo strabiliate, senza sapere come esprimerci, e lei ride tutta contenta.

«Visto che bella? È il mio nuovo lavoro!».

«E l'esame?» gridiamo tutte e tre in coro, perfetti

esemplari di zie in miniatura, già pronte al futuro ruolo di zie a pieno titolo.

Rebecca alza le spalle.

«Quello che so, so. Se passo, bene, se no è uguale. Comunque vada, a ottobre vado a Milano e mi iscrivo alla Paolo Grassi».

«Non ti prendono, senza diploma» provo a mentire.

Veronica mi sgomita. «Dai, che tanto la promuovono. E che lavoro fai? Animazione per bambini?»

«Sì, all'una di notte...» ribatte Irene, la donna di mondo.

«Lavoriamo in un ristorante messicano. Lui fa il cuoco. Io ballo e canto. Due spettacoli, uno alle nove e uno alle undici e mezzo».

«Balli e canti? E cosa?»

«Musica latino-americana. Ho fatto un gruppo insieme a due mie amiche, Francesca B. e Francesca C. Ci chiamiamo Las Esmeraldas».

Las Esmeraldas! Sono incantata, mi segno rapidamente il nome del ristorante per andarci al più presto, e do a Rebecca il numero di telefono del giovane regista con cui le ho fissato un provino.

«Anche per Tommaso. Cercano ancora dei piccoli ruoli...»

«Ecco. Lo vedi? Prima la sgridi perché non studia, e poi le procuri i provini».

Veronica e Irene mi fissano con aria di rimprovero, e io per distrarle chiedo a Rebecca se è sicura che non ci siano e-mail di Bibi.

«No. Niente da fare. Controllo tutte le sere, ma non dà segni di vita. Cioè, non scrive, insomma. Sarà viva di sicuro, ma non scrive».

«Se trovi qualcosa chiamaci, a qualunque ora della notte».

«Parla per te. Noi abbiamo dei bambini che dormono, a casa...»

«Sì... chiama me».

«Sentite, visto che vi trovo tutte insieme, volevo chiedervi se la mamma vi ha detto niente».

«Di cosa?»

«Delle sue intenzioni. Credo che abbia deciso di mollare con papà, e dargli la casa».

«Come?»

Solo chi ci vedesse in questo momento potrebbe farsi un'idea di prima mano delle famose Erinni, quelle signore greche che perseguitavano chi l'aveva combinata grossa. E più grossa di così è difficile: le donne della nostra famiglia non lasciano le case ai mariti. Neanche, e tanto meno, se i mariti ne sono legalmente proprietari. E le pretendono. E le pretendono dopo essere state mollate per una culona bionda con gli occhiali. L'intenzione generale sarebbe di tornare su e dare a Sofia la ripassata della sua vita, ma Rebecca ci ferma.

«Calma. Se non vi ha detto niente, magari non è poi così convinta. Già io le ho detto che piuttosto che vedere Annamaria vivere in casa nostra la cospargo di acetilene e le do fuoco».

Non sono sicura che l'acetilene sia una cosa che si può cospargere, e mi riprometto di controllare sullo Zingarelli appena torno a casa.

«A chi, dai fuoco? Annamaria o la casa?» si informa Irene.

«Aspettiamo di vedere cosa succede. Magari è solo un momento di buddhismo spinto» dice Veronica. «Sai, il distacco dei beni...»

«Le case vengono, le case vanno...»

«Le case sono un'illusione, la casa esiste solo se la misuri col righello...»

«Case o non case...» concludo io, scivolando nell'Amleto.

«Quindi» precisa Veronica, «teniamola d'occhio e poi se è il caso interveniamo».

Tommaso, che finora non ha detto molto, si mette a ridacchiare.

«Mi sembrate Flora, Fauna e Serenella».

Sapendo che stiamo per metterci a litigare perché tutte e tre vogliamo essere Serenella, Rebecca ci saluta ed entra con Tommaso.

Noi restiamo lì, a guardare la casa.

Tutte quante siamo molto affezionate a questa bella villetta liberty, infilata in una stradina tranquilla del centro. Da molto tempo fa parte della famiglia: ci stavano due prozie zitelle, la zia Tilde e la zia Cocca, e da piccole venivamo a trovarle volentieri. Poi, un giro dopo l'altro, è arrivata a Sofia, e da lì si pensava che sarebbe tranquillamente scivolata a Rebecca o a qualche altro bambino della famiglia, quando i bambini fossero diventati grandi.

Sospiro.

«Nessuna di voi conosce qualche stregoneria seria?» chiedo alle altre due.

«Per ora no» mi risponde Irene.

ORE 12.00 CASA MIA

Ecco fatto. Chiudo con lo scotch marrone l'ultimo scatolone e mi guardo intorno soddisfatta. Tre scatoloni neanche tanto grandi bastano a eliminare ogni traccia di Alex dalla mia casa, e di conseguenza dalla mia vita. Ho cominciato alle nove di questa bella domenica di giugno, dopo il caffè, accompagnata da un cd con il meglio dei Police. Ho radunato:

– Tutte le fotografie. Le sue, e le mie con lui.

– Le copie dei suoi libri, che libri non sono ma raccolte di recensioni, tutti con dediche spinte.

– I suoi (pochi) regali, tipo una stilo con la punta troppo spessa, una spilla che lui diceva che era Art Déco ma a me sembrava di plastica, le opere complete di molti scrittori sudamericani che non ho mai letto (io leggo solo libri scritti prima della seconda guerra di Indipendenza), e quarantacinque rose di carta multicolori.

– Una quantità di biglietti del cinema, ricevute di ristorante, fiammiferi di alberghi, sciampetti sempre di alberghi, tovagliolini, bustine di zucchero, anellini della birra, pacchetti di sigarette vuoti.

– Mutandine, reggiseni, magliette, autoreggenti e altri capi di disabbigliamento che lo facevano specialmente sbarellare.

E poi tutto quello che tenevo in casa soltanto per lui, ad esempio il vino e l'Alka-Seltzer. Io non bevo e non ho mai mal di stomaco.

Sono sicura di non avere dimenticato niente, e adesso ci vuole molto poco a portare giù gli scatoloni e gettarli in un bidone dell'immondizia quattro vie più in là, per metterci della distanza. Se c'è una cosa che mi piace, è buttare via. Vorrei farne un mestiere. Tipo che se qualcuno non riesce a liberarsi delle vecchie cose e dei cari ricordi chiama me, io butto, e loro mi pagano. Potrei diventare una buttatrice via di fama internazionale, ricercata dalle anime nostalgiche di mezzo mondo, con tariffe altissime.

Sono a questo punto della mia rêverie e sto faticando per spingere l'ultimo scatolone nel bidone quando sento una clacsonata e una voce che mi chiama.

Oltre il bidone se ne sta ferma una macchina, abbastanza carina se ti piacciono le macchine. Al volante c'è una bruna, abbastanza carina se ti piacciono le brune, e seduto accanto a lei c'è Lorenzo, sgradevolmente abbronzato. Vi potete immaginare benissimo quale sia il mio livello di fascino ed eleganza in questo momento, mezza infilata in un bidone dell'immondizia, coperta di stracci da lavoro, e con i capelli legati da qualche parte in cima alla testa. Ma non potendo autoincenerirmi, né incenerire loro, mi avvicino, sorridendo come una presentatrice televisiva.

«Ciao!»

«Ciao... conosci Prunella? Prunella, questa è Costanza Vestri, del famoso Carta e Cuci».

Prunella mi sorride ma non accenna a mollare il volante per stringermi la mano. In effetti, non è una mano che inviti alla stretta: la polvere dei ricordi si è posata sulla marmellata di ciliegie della colazione.

«Allora sei tornato».

«Solo per pochi giorni. Senti... tu e Carolina avreste un momento per venire a dare un'occhiata al mio locale? Volevo chiedervi un paio di consigli. Quando si potrebbe fare?»

Il mio modello di comportamento, adesso come adesso, è la Sfinge in una delle sue giornate meno espressive. Senza muovere un muscolo della faccia rispondo:

«Quando vuoi... mettiti d'accordo con Carolina. Ciao... devo finire di buttare delle cose».

«Ho visto. Hai fatto pulizia?»

«Una specie».

Per un miliardesimo di secondo abbastanza lungo ci

guardiamo negli occhi. Io nei suoi vedo un profumo che mi piega in due, chissà lui cosa avrà visto nei miei. Spero di non saperlo mai.

ore 17.30. carta e cuci

«Buongiorno... avete quella serie di passamanerie inglesi disegnate da William Morris?»

In questi casi, è bene prendere tempo. William Morris... dev'essere un tizio che disegnava tappezzerie più o meno nello stesso periodo in cui Bourne-Jones dipingeva ragazze con tanti capelli rossi. La cliente che esagera è Consolata Incisa di Ballestreros, una leggenda locale. Ballestreros non compra mai niente che non sia inglese, e credo che perfino gli spaghetti se li faccia mandare da una fabbrichetta di Birmingham. Una volta è stata qui circa due ore a sfinirmi con i 'sampler', vale a dire i compiti a punto croce che facevano le bambine inglesi di non so quali e quanti secoli fa. Voleva un album per i sampler. Si meravigliava che non avessimo degli album *apposta* per i sampler. Escludeva assolutamente di poter infilare i sampler in un album di altro tipo. Alla fine le ho chiesto quanti ne aveva di questi (stradannatissimi) sampler. E lei mi ha risposto: «Nessuno, ma voglio insegnare a ricamare alla mia nipotina, sa, la figlia di mio fratello Teobaldo, e deve cominciare immediatamente a tenere i suoi sampler in un album».

Perciò, so come trattarla.

«Che soggetto aveva in mente?»

«Lei mi faccia vedere quello che avete di William Morris».

«Subito».

Sono abbastanza sicura di non aver mai visto in nessun catalogo inglese queste famose passamanerie. Quindi non esistono, e Consolata spara alla cieca. Peggio per lei.

Le sciorino davanti una serie di passamanerie rastremate e decadenti e aspetto.

Mentre lei esamina estasiata un bordo a gigli morti, vedo entrare Rebecca che sventola un foglio di carta.

«Le guardi pure con calma» sibilo.

Lei ci prova ancora.

«Sono di Morris, queste?»

«Dalla prima all'ultima».

La lascio annegare nelle passamanerie e vado incontro a Rebecca.

«È arrivata!»

«La lettera di Bibi?»

«Sì! Ne ho fatte un po' di copie, posso lasciartela, ciao, scappo che ho da fare».

«Lo credo! Non hai il primo scritto, domani?»

«Sì, ma non è per quello. È un lavoro...»

Vilmente, non le chiedo che lavoro, anche perché ho notato che ha il naso tutto dipinto di nero. Se va a fare il Panda a un raduno del WWF, sinceramente preferisco non saperlo. E intanto lei è già sparita, ridente e fuggitiva come gli occhi di quella là.

Mi metto in tasca la lettera, non posso certo leggerla adesso, c'è la signora che mi aspetta indicando con l'unghietta senza smalto una passamaneria in cui il cordoncino forma un motivo ad aranci e limoni.

«Questa è perfetta... puro Morris. Sicuramente ispirata a quella filastrocca per bambini... la conoscerà... *Orange and lemons...*»

«E chi non la conosce».

Le sorrido compunta e le vendo un bel metraggio di costosissimi aranci e limoni, controllando che da qualche parte ci sia anche la minuscola etichetta 'made in Italy', anzi, in questo caso, 'made in Empoli', in modo che poi a casa, con calma, la trovi e si senta idiota come infatti è. Spedisco via l'ignara Ballestreros che saltella di gioia e mi precipito su due signore che vorrebbero comperare delle bamboline di carta da ritagliare, e a cui Sofia vuole invece vendere i semi da piantare per far nascere una foresta pluviale.

«Ma io vivo in un miniappartamento al settimo piano...» geme una delle due. «Non posso mettermi in casa una foresta pluviale...»

«Non bisogna guardare la dimensione materiale dell'albero» la sgrida Sofia, «ma la sua portata spirituale. Ognuno di noi dovrebbe piantare un albero nella vita».

«Io ho un ficus...» ci prova l'altra.

Sofia le fa capire con uno sguardo quello che pensa dei ficus. Questa faccenda dei semi pluviali è l'ultima espressione del suo travaglio interiore: ha deciso di aggiungere al reparto 'Carta' qualche seme, piccole piante, bulbetti, e fin lì va bene, la natura tira, e tante quarantenni pazze per Sting sono ben contente di comprarsi i semi della foresta e piantarli in un vasetto sul davanzale. Ma Sofia esagera: li vuole vendere a chiunque, qualunque cosa questo chiunque desideri.

«Sa...» insiste la signora A, «volevo uno di quegli album con le attrici e i vestiti da ritagliare... ce n'era uno con Greta Garbo...»

«E un altro con i vestiti di *Via col Vento*...» sospira la signora B.

«Infatti» cinguetto io, «e ci sono ancora... guardate... questo settore dello scaffale è riservato agli album da ritagliare...»

Le piloto verso la zona giusta e insulto a bassa voce Sofia, aggiungendo:

«Ti devo parlare. Avrai notato che prima è entrata tua figlia».

«Aveva il naso dipinto di nero».

«Lo so. Non importa. Ha portato una lettera di Bibi. Vieni con me nella pausa pranzo, che la leggiamo».

E così, all'una, io, lei e Carolina siamo radunate nel dehors del bar Elena, e contempliamo la seguente e-mail.

'*Care ragazze, esco dalla latitanza per darvi mie notizie, anche perché ho parlato con mia madre e ho saputo che lì avete parecchio sbarellato. In effetti avrei potuto avvertire, ma tutto è successo talmente in fretta che mi sono lasciata travolgere. Erano secoli che nessuno mi travolgeva e, dio!, non ricordavo quant'è bello! Una specie di colata di lava che ti inebria bruciandoti e ti brucia inebriandoti. Io ero lì, al centro commerciale Igloo...*'

«Che caduta di tensione» commento.

«Vai avanti senza commentare» mi riprende Carolina.

'*...io ero lì, al centro commerciale Igloo di Vancouver, che cercavo delle manette per Nigel (poi vi racconto a voce), quando mi sono trovata davanti lui, che mi guardava fisso mormorando:* OH MY ROWENA. *Adesso non posso farvela tanto lunga per e-mail, vi basti sapere che l'ho guardato negli occhi e l'ho seguito attraverso tre continenti. Ho a malapena avvertito Nigel e i bambini, così mai chiamateli voi per dire che sto bene, e mi farò viva quanto prima, ma di rimettersi insieme non se ne parla, è stato tutto un grosso sbaglio, il mio rapporto con Nigel è cenere e anche i bambini, sono carini e li adoro e sento da morire la loro mancanza ma...*'

«Ma in fondo chi se ne frega» non posso farne a meno.

Carolina mi dà una botta in testa.

'...*e sento da morire la loro mancanza, ma sento che non sono fatta per essere una figura "continuativamente" materna. Meglio un forte influsso periodico. Comunque, adesso siamo a Perth, e proviamo dalla mattina alla sera: Bruno sta mettendo in scena una versione Kabuchi di Ivanhoe e mi ha scelta per il ruolo di Rowena, oltre che per quello di sua compagna e musa ispiratrice. Vi chiamo presto, adesso devo andare a far pratica di stacco giapponese, baci, vostra Bibì*'.

La prima a ritrovare la voce è Carolina.

«Bruno? Che razza di nome è per un australiano?»

«Sarà austriaco» dico io. «Come Bruno Ganz. Un regista austriaco a Perth».

«Un regista austriaco a Perth con una deficiente italiana» commenta Sofia in qualità di vice-Irene. Si vede che lo choc l'ha resa meno buddhista.

Si alza per andare a pagare, e Carolina mi dice:

«Ah, mi ha chiamata Lorenzo. Voleva sapere se abbiamo voglia di andare a vedere il suo ristorante, ormai i lavori sono parecchio avanti e voleva qualche consiglio. Ti andrebbe bene domani sera dopo la chiusura?»

Alzo le spalle.

«Sì sì».

Carolina mi fissa.

«Tu hai conosciuto Prunella».

«Sì».

«E dai, Costanza... sei appena uscita da una storia disastrosa. Perché vuoi subito infilarti in un'altra? Prenditi una pausa. Spassatela un po' in giro».

«Oppure potrei darmi alle trapunte».

«È troppo presto. Io posso farlo perché negli ultimi

dieci anni ho sgranocchiato l'uomo fino all'ultimo ossicino. Ma tu? Sempre con quello... l'avrai tradito in tutto quante volte, in sedici anni?»

«Credo quattro».

«Hai capito. Una media di un uomo ogni quattro anni. Scordati Lorenzo, che per acchiapparlo ci vuole il sale sulla coda...»

«Tu però lo avevi acchiappato...»

«Sì, figurati... giusto perché ha capito che non ero tipo da impegnarmi. Ancora non lo sai quanto sono imbecilli? Appena una gliela fa trovare un po' lunga, credono di innamorarsi. Sono soltanto stupidi capricci di viziatelli. Lascia perdere. Trovati questo terzino di cui parli sempre».

Probabilmente sono così anche io, faccio i capricci, mi innamoro solo di quelli per cui c'è da rimboccarsi le maniche. Mi viene un senso di noia.

«Ma sì. Domani vengo a vedere questo ristorante e poi di Lorenzo non voglio saperne più niente».

Sofia torna, si siede, e informa Carolina del fatto che io e lei ci fermeremo ancora una mezz'ora qui al bar Elena perché stiamo aspettando Amedeo.

«Stiamo aspettando Amedeo? Come sarebbe 'stiamo'?»

«Ho bisogno del tuo sostegno. Carolina, puoi farcela da sola, in negozio?»

«Certo. Almeno per mezz'ora sarò libera dai semi pluviali».

Se ne va, e io resto sola con l'ignoto. Perché stiamo aspettando Amedeo e ha bisogno del mio sostegno?

«Perché voglio dirgli che gli lascio la casa».

«Prima ti ammazzo con le mie mani pezzo a pezzo».

«Senti, te l'ho già detto, voi non potete venirmi sempre a dire quello che devo fare. Io sono diversa. E adesso sono ancora più diversa. Sono staccata, non mi importa più. Sto per andarmene».

Mi viene male. Avrà mica una malattia mortale di cui non ci ha detto niente?

«Dove?» chiedo con un filo di voce.

«In Toscana. Ho scoperto che questa comunità buddhista con cui sono in contatto è quella di Kiran Parvali Shakti».

«E chi è?»

«È la zia di Monica... l'ha praticamente fondata lei...»

«Monica? Mia cognata?»

«Sì. Sua zia».

«Ma Monica è di Varese!»

«E allora? Anche sua zia è di Varese. Kiran Parvali Shakti è il suo nome buddhista. Non te ne ha mai parlato Monica?»

«Può darsi. Non ci ho fatto caso. Lo sai che le cose spirituali mi entrano da un orecchio e mi escono dall'altro. Allora?»

«Allora lei ha capito che ho bisogno di un profondo cambiamento, e siccome loro hanno urgente bisogno di un amministratore di fiducia...»

«Come mai? Che fine ha fatto l'amministratore che avevano prima?»

«Non ha importanza. Insomma, mi ha offerto il posto e io ho accettato. Sono troppo felice. Parto in agosto, e non soltanto per le ferie. Resterò lì per un po', non so quanto, forse anni, forse mesi. Non mi importa. Devo dirlo a Carolina, sistemare le cose per la mia quota di Carta e Cuci, ma insomma, ho deciso. Vado».

«E Rebecca? La abbandoni?»

«È grande. E poi, sì, vorrei un po' abbandonare anch'io. Lei è d'accordo. Dice che essere abbandonata dalla madre a diciannove anni è un'esperienza formativa. Tanto vuole andare a questa scuola di recitazione a Milano. Andrà a stare da Lucia».

Lucia è una vecchia amica di Sofia che a un certo punto ha sposato prima uno e poi un altro ricco milanese, e tra l'uno e l'altro si è fatta Alex. Spero che Rebecca le renda la vita impossibile.

«E quindi» continua mia cugina, «non c'è motivo di non dare la casa ad Amedeo. Qualunque cosa, pur di togliermelo di torno!»

«Senti, Sofia. Io era un po' che volevo dirtelo. Sei sicura che con Amedeo non ci sia la possibilità di... insomma... lui credo che sia stufo morto di quella...»

Sofia mi interrompe.

«Ma come? Dal giorno in cui se n'è andato di casa non fai che ripetermi che ho vinto un terno al lotto, e adesso vuoi che me lo riprenda? Adesso che sto per cominciare una nuova vita?»

«È per la casa...»

«Ma chi se ne frega della casa».

Mi annichilisco. Non avrei mai creduto di poter sentire una delle mie cugine pronunciare questo orribile agglomerato di parole: chi se ne frega della casa. Proprio in questo momento arriva Amedeo, che ci guarda come uno stilita nel deserto alle prese con una incarnazione particolarmente sofisticata del diavolo. Altro che rimettersi insieme.

«Ciao, Amedeo...»

«Lei cosa c'entra?»

«Mi ha accompagnata. Ho bisogno del suo sostegno. Ti devo parlare».

Mi guardo intorno, esasperata, ed ecco che la vedo, una culona bionda con gli occhiali che passeggia nervosamente in mezzo alla piazza. Non ho dubbi: è lei. Tiro Sofia per una manica.

«Aspetta. Prima di parlare, guarda quel bel boiler che vuoi mandare a vivere in casa della zia Tilde e della zia Cocca. Ammira la donna che ha fatto scoprire il vero amore a tuo marito».

«Non ti permettere!» urla Amedeo.

Sofia scoppia a piangere. Ci contavo.

«Non dovevi portare quella donna al nostro appuntamento!»

«Io porto chi voglio dove voglio! L'hai finita con le tue prepotenze, tu e la tua famiglia di sfruttatori, speculatori edilizi ed evasori fiscali!»

Amedeo è andato come una stella filante.

«Ma tu sei pazzo...» intuisce Sofia.

«Ah sì? Allora se io sono pazzo la vedremo! Se entro domani non avrai comunicato al mio avvocato le tue intenzioni riguardo alla casa, prenderò le mie contromisure!»

E se ne va, terribile come Attila. Quella scema di Sofia, però, ci casca, e continua a piangere, dicendo che non se la sente di avere un campo di avversione così forte intorno a lei, e che preferisce dargli la casa per non turbare il karma di qualcuno, non ho capito se suo o di Amedeo o di chi.

«Senti, piuttosto dagli i soldi. Compratela tu».

«E dove li trovo quattrocento milioni?»

«Dai, se gliene offri trecento, se li piglia».

«E dove li trovo trecento milioni?»

«Prendi tempo. Fammici pensare. Magari mi viene in mente qualcosa. Fallo per le prozie. Ti ricordi com'erano buoni i loro agnolotti?»

ORE 20.00. CORTILE DI PALAZZO SIMONIS

Il futuro ristorante di Lorenzo è in fondo a uno dei più bei cortili della nostra città, quello di palazzo Simonis, che al centro ha un vistoso ciliegio pieno di frutti maturi. Lorenzo ci accoglie tra fili che volano e brandelli di parquet accatastati uno sull'altro: a me non sembrano per niente lavori molto avanzati, ma d'altra parte è anche vero che mi piacciono soltanto le cose perfettamente finite, e dunque non sono attendibile. Carolina, che è invece appassionata dei lavori in corso, emette mugolii di grande apprezzamento. Lorenzo stasera è veramente carino, nel suo genere, sembra più un attore lituano che un imprenditore del gusto, e ci accoglie tutte e due con molta cortesia e molta noncuranza. Pare che lo scopo principale della nostra presenza qui sia la scelta delle tende. Ci sciorina davanti due campionari di tessuti, e ci chiede cosa vediamo bene con le pareti rosa nuvola delle tre salette.

«Fiori» dice Carolina, «inutile voler sfuggire all'inevitabile».

«Il ristorante di Barbie, viene fuori» borbotto io piano. Ma non così piano da non farmi sentire.

«Come? Credevo che ti sarebbe piaciuto. Praticamente l'ho fatto fare così per te» mente Lorenzo. «Vieni a vedere i bagni...»

I bagni, che ci crediate o no, hanno le pareti color lavanda e i sanitari fucsia. Mi appoggio a una parete per non svenire.

«Tu sei pazzo».

«Soltanto in bagno. Il resto del ristorante non offenderà la bizzarra passione per i colori depressi che avete in questa città. Di' un po', la carta igienica e le saponette le vedi meglio pesca o fragola?»

«Se vuoi esagerare fino in fondo, mettile fragola».

«Giusto. Grazie».

Fine della conversazione. Lorenzo si siede sul ripiano piastrellato accanto a un lavandino, mi prende una mano, mi tira leggermente e mi bacia a lungo, replicando in una versione più ricca, più lunga, più cremosa e più profumata il bacio della pasticceria. Quando smette, lo bacio io, così, per non sembrare poco collaborativa, e quando smetto, ricomincia lui, ma dura poco perché uno degli operai entra sventolando un rotolo di carta.

«Questo bordo dove va, dottor Marelli?»

L'uomo non sembra particolarmente colpito da quello che ha visto, e neanche Lorenzo sembra particolarmente colpito, visto che entro un decimo di secondo gli dice esattamente dove, e come, va messo quel rotolo. Torniamo nel ristorante, dove Carolina continua a sfogliare stoffe, incerta tra un rasatello a peonie e una cotonina a ribes.

«Guardatele con calma, Carolina... noi andiamo, ma i ragazzi restano qui a lavorare ancora un po'. Segnami quella che scegli».

«E dove andate, voi?»

«Pensavo di portare Costanza a cena fuori».

E se avessi un altro impegno? Semplice: non ci andrei. Perché complicarsi inutilmente la vita?

Mentre Lorenzo guida la sua macchina e me su per le strade della collina, diretto non so dove, mi sento veramente bene. Ho intenzione di godermi la serata. Per fortuna, proprio mentre mi baciava, appena in tempo per un pelo, ho capito che non devo preoccuparmi né di Prunella né delle sue fidanzate a Londra, perché questa non è una storia d'amore. È solo una sfrontata attrazione fisica. Era tanto di quel tempo che non provavo più una sfrontata attrazione fisica per qualcuno, che ci ho messo parecchio a riconoscerla e mi sono un po' confusa con l'amore. Invece niente. Niente, niente, niente. Con Lorenzo inizia un felice periodo di brevi avventure intense e coinvolgenti che durerà fino a quando troverò l'uomo della mia vita. Mi rilasso e sospiro contenta. Continuiamo ad andare per la collina e chiacchieriamo di qualsiasi cosa, come se le nostre tortuose telefonate e messaggi in segreteria non fossero mai esistiti. Neanche mi accorgo di dove stiamo andando, finché non frena davanti a una piccola casa gialla in fondo a un sentiero. Questa è aperta campagna! Dove siamo?

«A casa di mio fratello. Finché non ne trovo una mia, vivo con lui».

«Avevi detto che hai una sorella».

«E un fratello. Non vivrei con mia sorella per niente al mondo. È una cara ragazza, ma è spaventosamente disordinata. Mia cognata, invece, è riposante. Adesso non ci sono, però: sono al mare per qualche giorno, con i bambini. Vieni».

Passiamo un piccolo cancello, un giardinetto pieno di profumi, ed entriamo. L'ingresso è un passaggio stretto: di fronte una scala, a sinistra la porta di una grande cucina un po' scura, con in mezzo una enorme stufa a carbone. Se non intravedessi un microonde con la coda dell'occhio, penserei di essere entrata in una illustrazione delle fiabe. E adesso? Cosa faremo, prima? L'amore o la cena?

Lorenzo ha altre idee. Mi fa sedere su un grande divano in un angolo, mi serve un Bellini e mi dice:

«Raccontami com'eri da bambina».

ORE 24.00. CASA DI SUO FRATELLO

Gli ho raccontato com'ero da bambina. Abbiamo fatto l'amore, abbiamo mangiato un cous cous che ci aspettava già pronto sul fornello, abbiamo preso il caffè, gli ho raccontato alcune altre cose, abbiamo fatto l'amore ancora un po', e adesso stiamo guardando se nel freezer ci sono per caso dei gelati. Neanche uno. I suoi nipoti devono essere bambini ingordi.

«Guarda un po' se per caso da qualche parte c'è un budino Elah e mezzo litro di latte» gli chiedo.

«Non vorrai fare un budino con la polvere?»

«Vorrò, perché ho voglia di budino e quello Elah al cioccolato è buonissimo, e molto educato. Guarda!»

Ho frugato un po' in un armadio, ed eccolo lì, il budino al cioccolato.

«Vedi... è l'unico prodotto alimentare che dà del lei. Di solito, nelle istruzioni stampate sopra danno il tu o il voi. Tipo: versate sei uova nel composto e girate».

«Spero di no... spero che nessuna istruzione stampata ti induca a versare sei uova in un composto e poi girarle. Composto di cosa?»

«Uffa! Era per farti capire. Invece il budino Elah dice: Versi il contenuto della busta in una casseruola... lo sciolga... lasci bollire... versi in uno stampo... che classe, eh?»

Parliamo anche di Alex. Lorenzo mi ha chiesto di raccontargli com'era andata quando lo avevo lasciato.

«Chi te l'ha detto che l'ho lasciato?»

«Me l'hai detto tu. Domenica scorsa, mentre infilavi con entusiasmo quegli scatoloni nella spazzatura, e nello stesso tempo guardavi con assoluto disprezzo la signorina che era in macchina con me. Ho pensato che dovevi averlo lasciato una volta e per sempre, se no avresti avuto l'aria più mellifua».

«Io non ho mai l'aria mellifua. Non so neanche bene cosa vuol dire. E in quanto alla signorina che stava in macchina con te, io ti dico una cosa sola: non può veramente chiamarsi Prunella. Penso che sia un nome d'arte».

«Che arte?»

«Mmmm».

«Ah. E che ne dici di quella che stava a casa mia a Londra? Si chiama Janice».

«Blef. Che brutto nome».

«Vero? Bella ragazza, però. Purtroppo, non la vedrò più».

«Come mai? Si fa suora?»

«Io, mi faccio suora. Se ci sarai tu, e finché ci sarai tu, non vedrò nessun'altra».

Questa dichiarazione mi stanca. Penso che sia meglio dirglielo.

«Senti... è un tipo di affermazione che mi causa un po' di diffidenza, questa...»

«Lo credo bene. Però è così. E visto che per me rappresenta, in un certo senso, una novità, mi sembrava il caso di fartelo sapere».

Non commento. Verso il budino nello stampo, e poi gli dico: «L'ultima volta che ho visto Alex, erano le quattro e mezzo del mattino e dormiva su una panchina a Santa Margherita».

Gli racconto tutta la storia, che trova molto interessante.

«Sai che da quella volta non l'ho più né visto né sentito? E neanche nessun altro. Però dev'essere vivo, perché la sua rubrica su *Repubblica* continua a uscire».

«Non è detto. Magari si era portato molto avanti col lavoro e stanno uscendo recensioni postumo».

Tra una cosa e l'altra, tipo mangiare il budino, riflettere sulla sorte di Alex, baciarci e chiacchierare, mi riaccompagna a casa che sono le tre del mattino. Scendendo in città, passiamo davanti alla casa di Sofia. Gli dico di fermarsi e gli spiego le mie preoccupazioni. Lorenzo dimostra entusiasmo per il personaggio di Amedeo. Chiede quando glielo farò conoscere. Io gli dico che c'è poco da scherzare.

«Non sopporto che la casa delle prozie finisca a due persone così meschine. Dai... se fossero anche solo minimamente perbene per il rotto della cuffia, la lascerebbero a Rebecca».

«Puoi farci qualcosa?»

«Sì. Se vinco un gratta e vinci da un miliardo me la compro. Mi è sempre piaciuta tanto».

«E quanti ne hai già grattati?»

«Per venticinquemila lire. Niente».

«Insisti».

Riparte, e in un attimo sono a casa. In questo periodo, per un motivo o per l'altro non dormo mai abbastanza.

ORE 10.00. BAR ELENA

Stamattina mi sono svegliata tardi, così tardi che sono colpevolmente uscita senza gettare al Gatto neanche una manciatina di Frosties. Così tardi che non ho neanche avuto il tempo di decidere come affrontare Carolina, e così tardi che a furia di scapicollarmi sono arrivata in negozio leggermente in anticipo. Ne ho approfittato per andare a prendermi un cappuccino al bar Elena. Me lo sono portato a un tavolino insieme a un croissant, e ho cominciato a riflettere su cosa dire a Carolina.

a) tutto
b) niente
c) qualcosa
d) mentire.

Esisteva la possibilità che lei evitasse di farmi domande? Tipo entrare in negozio, salutarmi, e parlare delle ultime tendenze della moda estiva? No, non esisteva. Quindi, meglio essere pronta. Stavo orientandomi verso una soluzione di stile interlocutorio, come 'Sì... una serata piacevole... no... non so se ci rivedremo...' quando la medesima Carolina mi si para davanti e fissandomi con due occhi a trapano pronuncia quest'unica parola:

«Allora?»

E siccome i ghiribizzi dell'animo umano sono quello che sono, ecco che cosa mi esce dalla bocca:

«In realtà tu non hai mai voluto che io mi mettessi con Lorenzo».

«Certo che no». Carolina non batte ciglio e si siede al mio tavolino, rubandomi un pezzo di croissant. «Anche se non facciamo scintille a letto, è un tipo così interessante che ogni tanto l'avrei anche frequentato. E invece se si mette con te diventa tabù».

«Infatti».

«E quindi? È fatta?»

«Una specie».

Le fornisco un sobrio sommario degli eventi da cui risulta che al momento, e senza alcun impegno per il futuro, può effettivamente considerare Lorenzo tabù.

«Guarda che magari è una storiella di una settimana... sai, avevi ragione tu, adesso ho bisogno di rapporti leggeri, poco impegnativi. Perciò, prendiamola così, alla vaga».

«Sì... cuccu merlo. Guarda che ti vedo in faccia, eh?»

«E che faccia ho?»

«La faccia che evidentemente doveva andare così punto e basta». Sospira e ride. «Meno male che c'è Gianluca. Ti ho già parlato di Gianluca?»

No, e non c'è tempo, se non di dirmi che fa il dentista e possiede due cavalli. Poi dobbiamo correre ad aprire il negozio, prima che si formi una lunga fila sotto i portici.

Lavoro tutta la mattina avvolta in una specie di garza fumosa. Quando Lorenzo e io ci siamo salutati, nessuno ha accennato a un eventuale domani, o all'esistenza del telefono, e così ho subito l'opportunità di mostrare il disincanto disimpegnato con cui vivo questa storia. Difatti, quando suona il telefono e Sofia mi chiama, mi pianto in un dito le forbici con cui sto tagliando del tulle.

«Pronto?»

«Ciao. Sono Irene. Sono nei guai».

«Altri guai?»

«Altri. Nuovi di zecca. La fai la pausa pranzo?»

E se passa a prendermi Lorenzo?

«S-sì, la faccio».

«Bene, oggi riesco a farla anch'io. Ci troviamo al Brek di piazza Italia. Ho bisogno di consigli, e anche molto buoni».

«E chi ti dice che io...»

«E a chi li chiedo? A Sofia? Tanto vale comprarmi l'I Ching».

«E Cristina?»

Ruggisce: «Non parlarmi di Cristina!»

Aiuto. Riattacco preoccupata. Mai e poi mai, da quando erano due bambinette che si picchiavano in testa col biberon, Irene e Cristina hanno litigato. Ma il problema non è tanto quello, quanto Lorenzo. E, ripeto, se passa a prendermi per pranzare con lui? A dimostrare che Dio si è preso decisamente a cuore il mio caso, risquilla il telefono, rispondo io, ed è lui.

«Ciao. Sei sempre tu?»

«In che senso?»

«Quella che ho riaccompagnato a casa stanotte».

«Certo che sono sempre io. E tu?»

«Sì».

«Bene».

«Non puoi dirmi che mi ami perdutamente perché state vendendo degli aghi a una vecchietta?»

«No! Perché non è vero!»

«Questo lo credi tu. Senti, contrariamente alle mie... inclinazioni, sì, inclinazioni è una bella parola per dirlo, non potrò vederti fino a stasera. Ce la puoi fare a resistere?»

«Sì sì, ce la posso fare».

Decidiamo di vederci da me alle otto e mezzo. Gli dico che non faccio la spesa da secoli e non so che cosa ho in casa, ma non mi sembra preoccupato.

ORE 13.30. BREK

Insalata e granchi io, insalata e bresaola lei: compunte e dietetiche, ci sediamo a uno dei tavoli sistemati in cortile, sotto una magnolia, e tenendo conto che la pausa per il pranzo è breve, la invito a tirar fuori questi suoi famosi guai.

«Marco sa che sono incinta».

La prima cosa che mi verrebbe proprio spontanea da dire sarebbe:

«E allora?»

Ma so che irriterei inutilmente Irene. Però, è più forte di me.

«E allora?» le dico infatti.

«Come, e allora?! È un macello, un disastro... ma tu non ti rendi conto... potrebbe togliermi Oliviero!»

«Irene, puoi calmarti e provare a ragionare? Già questo tuo terrore di Marco era insensato prima. Adesso è... non so... superstizioso. Ormai avete firmato la separazione. È tutto a posto. Oliviero è affidato a te. Non può più farci niente. E neanche vorrebbe, credo».

«Tu sei pazza. Può fare tutto. Non ti dimenticare» sibila, «che è un AVVOCATO».

Marco, una specie di Totem e Tabù che aleggia misterioso sulla vita di Irene, causandole grandi e, secondo me, immotivati spaventi. Si sono sposati circa dieci anni fa, nessuno dei due trascinato dalla passione. Lei un po' sul rimbalzo di Andrea, lui perché la trovava carina, di buona famiglia, e perfetta come moglie per un giovane legale di successo. Ci sono una quantità di matrimoni che con queste stesse premesse funzionano benissimo per decenni, e anche il loro avrebbe potuto funzionare, se non che Marco aveva, e credo abbia tuttora, un difettuccio: non riesce a tenere le mani staccate da qualunque ragazza disponibile in cui si imbatta. Alcune delle ragazze disponibili avevano a loro volta una pecca, quella di scrivergli lunghe e ardenti lettere d'amore che Irene rinveniva con esasperante regolarità nelle impeccabili giacche grigie e blu dell'avvocato. A differenza della mitica Gloria Varetto, Irene non è portata a lasciar correre, e un anno dopo la nascita di Oliviero hanno cominciato a separarsi. Anche in questo caso, le premesse sono state tradite. Un matrimonio con così scarsi sentimenti in gioco e così plateali infedeltà in conto avrebbe dovuto sciogliersi con la facilità di un vampiro al sole, e invece sono andati avanti per quasi cinque anni. Intanto, decidevano di farla finita a periodi alterni. Quando era convinta Irene, Marco la supplicava di ripensarci. Quando Marco aveva una fidanzata più interessante della media e premeva per chiudere, Irene per ripicca cominciava ad accampare complicate pretese economiche. In più, Marco stravede per Oliviero, quindi cercava di separarsi da Irene ma non da lui, mettendo in mezzo tutti i suoi trucchi avvocateschi. Ecco perché Irene tremava come una foglia all'idea di farsi vedere in giro con un uomo. Alla fine, però, tutto si era aggiustato: Marco aveva trovato la fidanzata suprema, e la benedetta separazione era stata firmata. Quindi...

«Quindi... mi vuoi spiegare perché dovrebbe toglierti Oliviero?»

«Non lo so. Magari quella tizia con cui sta vuole un bambino già pronto invece di sobbarcarsi nove mesi di gravidanza. Se non avesse cattive intenzioni, perché avrebbe OFFERTO DEI CAMPARI A CRISTINA?!»

«Non urlare. Vorrà rimorchiarsela».

«Impossibile. Se l'è rimorchiata secoli fa. No... le ha offerto svariati Campari per farla parlare... tutti sanno che Cristina non regge il Campari... e infatti quella deficiente al terzo gli ha spifferato tutto... lui aveva già dei sospetti... ci siamo incontrati per caso dal farmacista, e pare che io avessi lo sguardo da mucca».

«Senti, sarà stato curioso. In fondo, è abbastanza comprensibile. Sei la madre di suo figlio. Adesso la mamma, bon, morta lì. Al massimo, si preoccuperà di sapere chi è il pa...»
Mi blocco. Irene mi guarda.
«Appunto» dice.
Sospiriamo.
«Senti. Non fare niente. Non muovere un muscolo. Cristina non gli avrà detto tutto, no?»
«No. Gli ha detto che l'identità del padre era un segreto. Anche in preda al Campari, un minimo di lealtà le è rimasto».
«Perfetto. Marco non ti chiederà niente direttamente, e si darà da fare per cercare di scoprire. E non ci riuscirà. Noi sappiamo perché. Se dovesse mai farti allusioni dirette, tergiversa e aspetta. Quando avrai scelto un padre, sarai a posto. Andrea e Giacomino sono irreprensibili, dal punto di vista di un avvocato».
Irene digerisce il mio consiglio, aiutata da un sorbetto al limone.
«Va bene. Cercherò di evitarlo. Quando viene a prendere Oliviero, fingerò di essere al telefono. Comunque, venerdì parto per un weekend dello spirito e lì dovrei risolvere tutto».
Ormai diffido dei weekend di Irene.
«Cosa sarebbe?»
«I weekend dello spirito... dai... sono famosi. Si va in un monastero a meditare e riflettere in solitudine».
Mi sembra una splendida, anche se tardiva, decisione.
«Quando uscirò di lì, domenica sera» mi spiega Irene, «avrò deciso che cosa fare».
«Brava. Dove vai, a meditare?»
«A Oropa».

Molto bene. Lì è difficile che riesca a combinare altri disastri; per quello che mi ricordo, la popolazione locale è costituita da canonici anziani e signore che gestiscono i negozi di rosari.

Mentre usciamo dal Brek, avviene un fatto inconcepibile. Sulla porta incontriamo Alex che entra in compagnia di due tizi sconosciuti; è vivo, e sembra sano. Apro la bocca per salutarlo ma la richiudo accorgendomi che mi attraversa con lo sguardo come se fossi trasparente. Non esisto più. Non mi saluta, non mi vede, non ammette che io sia un'entità fisica. Quindi, se l'è veramente presa. Non ha apprezzato la facenda della panchina. Accidenti, quanto mi dispiace.

ORE 8.30. CASA MIA

Immagino che dovrei cerchiare questa data sul calendario con un pennarello rosso: oggi, 15 luglio, per la prima volta ho portato il caffè a letto a un uomo. L'uomo è Lorenzo, che ieri sera si è rifiutato di andarsene, dichiarandosi stufo di salutarmi sulla porta, come se fossimo due adolescenti o anche due quarantenni disoccupati che vivono ancora con i genitori. O come se uno di noi due fosse sposato a terzi, ho pensato, ma non ho detto. E così è rimasto in quel letto in cui mai, in questi sedici anni, Alex aveva trascorso un'intera notte. Le uniche volte che avevamo dormito insieme era stato in alberghi dove lui in teoria partecipava a convegni e io in teoria non c'ero. Così, per la disabitudine di avere qualcuno sotto le mie stesse lenzuola, mi sono svegliata presto, ed è per questo motivo che ho preparato un bel vassoio con tazza, zuccheriera, un croissant e un bicchiere di spremuta. Ho esagerato? Forse sì, visto che il croissant me lo sono procurato fiondandomi in panetteria alle sette e mezzo. D'altra parte, questa non è una storia impegnativa, e quindi non corro il rischio di doverlo poi fare per chissà quanto finché non diventerà una stanca abitudine in ciabatte. Tra poco lo sveglierò, perché alle nove e mezzo dev'essere al ristorante: vengono a consegnare i tavoli.

Quando sento suonare il citofono, sobbalzo. Ormai l'ho capito, a quest'ora possono essere soltanto le zie. E cosa ne faccio? Le mando a svegliare Lorenzo? Per fortuna, sulla porta di casa mia appare Rebecca: ai piedi ha soltanto un paio di calze, e tiene i roller appesi a una spalla.

«Ciao! Lo sapevo che eri sveglia. Avresti mica qualcosa da darmi da mangiare?»

«Shhh... parla piano. Di là c'è Lorenzo che dorme».

«Uau!»

«Shhh...»

...Mentre questa povera bambina affamata si prepara pane, burro, marmellata, latte, fiocchi e spremuta, mi racconta che deve andare a guardare i risultati degli esami, e che è in piedi dalle sei perché va a consegnare i giornali agli abbonati. Che giornali? E quali abbonati? Invece di rispondere, sbuffa, e poi attacca a parlare del progetto successivo che, purtroppo, mi riguarda.

«Senti, ho pensato una cosa bellissima. Dopo le vacanze posso venire io a lavorare a Carta e Cuci. Per un paio di mesi, fino a novembre, quando cominciano le lezioni alla Paolo Grassi. Così la mamma ha due mesi di tempo per ripensarci. Cioè, se vengo io lei non deve vendere la sua quota o roba del genere. Potete pagarmi lo stipendio dalla sua parte di incassi. In pratica, è come se mi assumesse lei. Lei è d'accordo, perché dice che tanto quei soldi non le servono, all'ashram non avrà bisogno di niente. E se poi proprio si fissa a restare là, avrete tutto il tempo di cercarvi con calma un'altra socia. Eh? Che ne dici?»

Ne dico molto, e in particolare le comunico la mia assoluta sfiducia nella possibilità che lei faccia lo stesso lavoro otto ore al giorno per due mesi di fila. Le dico che a Carta e Cuci non potrà recitare, né ballare, né cantare né suonare il basso. Né, aggiungo, guardandola, andare sui roller. Non batte ciglio. E poi, le chiedo? Dove andrai a stare, se per caso quella disgraziata incosciente di tua madre lascia la casa a tuo padre? Con lui e la mantide?

«Te l'ho detto, potrei stare qui con te». Ci ripensa. «Be', questa casa è un po' piccola... non potrei avere una camera mia... forse è meglio se vado a stare dalla nonna. O con la zia Margherita. Potrei aiutarla a tenere i bambini di Irene... non so. Vedremo. Da qualche parte starò. Ce l'avete un retrobottega?»

La strappo alla sua immaginazione dickensiana e andiamo a svegliare Lorenzo, che sembra contento della novità. Li presento, e vedo che simpatizzano. Quando usciamo tutti e tre insieme, li lascio a confabulare sul portone. Io devo aprire, oggi, e non ho tempo di starli ad aspettare. Immagino che stiano trattando un lavoro: alle sette e mezza, quando smonterà dal negozio, Rebecca potrebbe andare a farsi un turno di servizio al ristorante. Poi le manca solo un ingaggio extra come spogliarellista in un night, e si è fatta la giornata.

Vorrei che sua madre fosse altrettanto attiva. Oggi Carolina si è presa un giorno libero per andare a vedere i cavalli di Gianluca (il dentista) e siamo soltanto io e Sofia a fronteggiare la stravagante clientela estiva. Solo che lei non la fronteggia. Appena arriva, si sistema nel retrobottega (ce l'abbiamo, sì) sdraiata su una poltrona, e si piazza una pietra viola in cima al naso, tra gli occhi.

«Scusami» dice, «ma ho un mal di testa spaventoso».

«Ho dell'aspirina nella borsa...»

«L'aspirina, per carità. Serve solo a distruggere lo stomaco. Per il mal di testa, bisogna mettersi un'ametista sul sesto chakra, cioè qui».

«Ah. E in caso di clienti?»

«Non ho energie spendibili all'esterno, in questo momento».

Per fortuna, la prima ora scorre via tranquilla. Mi informo della situazione casa, dicendole che per parte mia ho grattato senza vincere, e ho anche giocato al Superenalotto (5 come noi cugine, 21 come il giorno del mese in cui sono nata, 7 come le lettere di Lorenzo, 16 come gli anni che sono stata con Alex, e 12 perché mi è saltato in testa), ma anche lì non si è visto niente.

«Non preoccuparti. Ho trovato la soluzione. Ho detto ad Amedeo che gliela sgombero a patto che lui non ci vada a stare ma la venda, e che la deve vendere a qualcuno che mi vada bene, e che gli ho già trovato l'acquirente. Lui è stato ben contento, perché in realtà voleva i soldi, non la casa. Della casa non sa cosa farsene, dice che non vuole legami con la sua vita passata, e comunque ad Annamaria non piace il liberty».

«Lo credo bene. Secondo me, il massimo per Annamaria è una baita tirolese in Val d'Aosta».

«Sono persone che non mi interessano, Costanza. Se Dio vuole, tra una settimana andiamo dal giudice e sarà tutto finito. Non voglio più sentir parlare né di loro né della casa».

«E a chi la vendi?» chiedo col pianto nella voce. Spero tanto che sia avvenuto un miracolo stile film, e che sia qualcuno della nostra famiglia a comprarla.

«Ancora non sono sicura. O a un procuratore di calciatori, o a una ditta di non so più cosa. Le offerte sono molto basse, ma pur di toglierla a me e mettersi in tasca un po' di soldi Amedeo accetterà. Non dovrei lasciarmi prendere da sentimenti così negativi, ma sono veramente contenta che resti almeno un po' fregato».

«Lo credo. Però... non ti dispiace che la casa finisca a degli estranei?»

«Tutti, in qualche modo, sono estranei. E non sento nessuno veramente e completamente estraneo. E comunque io non desidero più la responsabilità di una casa in muratura che mi faccia soccombere sotto il suo peso fisico e simbolico. Voglio muovermi libera e leggera come una capretta».

Cosa le dico? Niente. Un po' la ammiro. Io sono attaccata alle case come una patella, faccio tragedie anche se si sposta un mobile, le modifiche mi fanno orrore, chi sono io per dirle qualcosa? E in fondo ha ragione, l'importante è chiudere la faccenda. Tra poco, anche lei sarà definitivamente separata. Mi chiedo se almeno Veronica stia resistendo sul fronte matrimoniale. Quando esco, passo a trovarla. Tanto stasera io e Lorenzo non ci vediamo. Ha da fare, mi ha detto. Con i suoi soci del ristorante. Inglesi. Io mi sono ben guardata dal chiedergli se per caso i soci inglesi del ristorante si chiamano Janice. Ho solo messo su un leggerissimo muso, ma credo che non se ne sia accorto. Per fortuna l'ametista funziona, e Sofia è in grado di servire una signorina che vuole delle candele profumate per una cenetta intima. A me, invece, tocca una signora che parte per una crociera e vorrebbe qualcosa da 'fare sul ponte'. Mi guarda, in preda alla più fiduciosa delle aspettative.

«Da fare sul ponte? Tipo lavori femminili, o preferirebbe una scatola di acquerelli e degli album?»

«No no, lavori femminili. Per me son terreno vergine, sa? Mai preso in mano un ago in vita mia, o un ferro da calza. Dirigevo il Settore Personale alla Stiltcom. Ma sa, adesso sono in pensione, e allora sotto a chi tocca, bisogna darsi da fare».

«Guardi che non è obbligata. Magari preferisce leggere...»

«Leggere? Quella è roba da studenti, da malati, o da ragazzine romantiche. Io non voglio mica star lì con le mani in mano per tutta la crociera, perché sa, se è per chiacchierare con gli altri crocieristi, buongiorno e buonasera ce n'è già d'avanzo per me, e mio marito, si figuri se ho voglia di starlo a sentire. Pensavo di fare un tappeto, così quando torno lo metto in tavernetta».

Poco a poco, con pazienza, dal tappeto digradiamo dolcemente verso un cuscino al piccolo punto, anzi, tre cuscini al piccolo punto, perché la crociera è lunga e la tavernetta è grande. Il problema è la scelta del soggetto. La signora vorrebbe ricamare tre varianti di circuito elettronico, in omaggio alla Stiltcom.

«Non avete schemi di circuiti elettronici?» È incredula.

«No. Mi spiace. Però, se va dal giornalaio di fronte e compra *Elettronica oggi*, ne troverà quanti ne vuole».

Si convince, e non mi resta che venderle una quantità di filo da ricamo color circuiti: rosso, verde, giallo, blu.

ORE 19.45. CASA DI VERONICA

Non è l'ora di una visita in una casa con cinque bambini, lo so, ma d'altra parte Veronica la trasforma subito in un'attività di sostegno. Non sono neanche entrata che già mi ritrovo a fare il bagno a Pietro e Sailor Maria, mentre lei finisce di preparare il passato di verdura.

Dopo un quarto d'ora, i bambini mi sembrano abbastanza puliti e io mi sembro completamente fradicia. Con l'aiuto di Miranda, la figlia più grande, li asciugo, li impigiamo e li porto a tavola. A metà strada tra la loro cameretta e la cucina, Pietro si toglie i pantaloni per farmi vedere che non mette più il pannolino.

«Lo so. Te l'ho messo io, il pigiamino».

«NON È VERO!» urla, diventando viola.

«Non badargli, è pazzo» dice Miranda, afferrandolo e portandolo via. Io porto Sailor Maria che ha raggiunto, credo, l'apogeo delle sue possibilità. È tonda, felice, profumata e sana. Però è sempre brutta.

«Sei brutta» le dico amichevolmente, infilandola nel seggiolone.

«Gaaa!» annuisce entusiasta. Veronica non è d'accordo.

«Ne riparliamo fra vent'anni. Vedrai che schianto».

Mentre i bambini si stantuffano di passato di verdura, esamino Veronica. Anche lei ha l'aria profumata e felice. Non faccio in tempo a pensarlo che girano le chiavi nella porta ed entra il dottor Barra in persona: elegante, un po' stanco, con un inedito sorriso sulla bella faccia da futuro premio Nobel. Entra, mi saluta, bacia i figli e, incredibile, stringe in un abbraccio con bacio sul collo mia cugina. Suo figlio Gabriele fischia. Le bambine urlano 'smettetela'. Dunque, le cose stanno così. Per saperne di più, aspetto che Veronica mi accompagni alla porta. La trascino sul pianerottolo.

«E allora? Cos'è questo clima da *Nove settimane e mezzo?*»

«È tutto merito della moglie del dottor Forcella. Volevo telefonarti per raccontarti tutto, ma non ho mai tempo».

«Chi è il dottor Forcella?»

«Un collega di Eugenio. La moglie, una topolina tranquilla alta mezzo metro, l'ha lasciato di punto in bianco per scappare con il maestro di tennis della figlia. È andata a vivere a Cagliari con lui, portandosi via i bambini. Una tragedia. Lui è rovinato, non riesce più a operare e piange tutto il giorno».

«Oh Madonna».

«La cosa bella è che anche Gabriele va a tennis lì, e il suo maestro è un pezzo di schianto che non ti dico. Poi c'è l'istruttore di karate di Miranda, che è un giapponese niente male, e il nostro dirimpettaio, un giovane divorziato con gli occhi blu. Eugenio ormai vede in tutti l'uomo che mi porterà via, e tu non ti puoi immaginare quanto è cambiato. Mi ha chiesto scusa... mi fa regali... è diventato quasi melenso».

«Non durerà».

«Infatti. Ma intanto me la godo. Fra dieci giorni partiamo per la Scozia. Seconda luna di miele».

«Senza bambini».

«Lo credo. Li lascio metà a mia madre e metà alla sua».

«Ma sono cinque».

«Chi ne prende solo due si becca anche il gatto. Senti, c'è un'altra cosa che devo dirti...»

Cosa sia, non lo saprò mai, perché da dentro arriva

un fragore disumano e Pietro sfreccia accanto a noi urlando:

«ALAFFAUTA!»

Saluto e scappo, mentre Veronica rientra, con l'aria di aver capito cosa è successo.

La giraffa è svenuta? O la caraffa è caduta?

ORE 8.30. MERCATO DI VIA ROSAZZA

Dunque è così che vivono le donne normali, rifletto osservando tre montagnole di peperoni, una gialla, una rossa e una verde. Si alzano presto, trangugiano un caffè di corsa e corrono al mercato per fare la spesa prima di andare al lavoro. Niente pigre colazioni con latte, fiocchi e Gatto. Tanto, penso palpando un peperone giallo, a quella comoda vita da ventenne ci tornerò presto, perché questa storia fra me e Lorenzo ha tante cose, tutte belle, ma non ha un futuro. E forse neanche più un presente, visto che da tre giorni quasi non lo vedo, tutto preso com'è dai suoi (misteriosi) soci inglesi. Stasera però verrà a cena da me. Me l'ha proposto lui, quando mi ha chiamata stanotte: una vera cena premeditata, non noi due insieme che arriviamo a casa e ci prepariamo qualcosa. Lui si presenterà alla mia porta alle 20.30, e io lo accoglierò con tavola apparecchiata e pentole fumanti. Ma pentole con dentro cosa? Cosa si prepara a un fidanzato che fa il cuoco? Io a cucinare me la cavo, ma niente di più. Per un folle momento di delirio ho pensato di telefonare a mia madre, chiederle di prepararmi qualcosa di superlativo, e poi schizzare a San Genesio nell'intervallo del pranzo. Solo che all'idea di spiegarle perché, e per chi, doveva esibirsi in una delle sue ricette-choc, mi è venuto un brivido che neanche Stephen King. Comì, gli farò i peroni con le acciughe, il risotto alle zucchine, il tacchino della nonna, insalata e budino Elah, visto che l'altra sera da suo fratello ha ammesso che è squisito. Certo, in confronto a quello che cucina lui bendato e con la mano destra ammanettata a un termosifone, è un menu che fa pena, ma ne abbiamo già parlato una sera che ho fatto attaccare il sugo.

«Non stare sempre lì a preoccuparti» mi aveva detto baciandomi e accarezzandomi. «Non mi importa niente di come cucini. Intanto non mi sembri affatto male, e poi non devo assumerti al ristorante. Quando non lavoro, bado pochissimo a quello che mangio».

«Un po' come le prostitute con il sesso» avevo riflettuto, «che con i clienti è lavoro eccetera, e devono fare tutte le cose strane, invece quando sono col fidanzato si rilassano più sul normale».

«Non è un paragone entusiasmante, però va bene».

Ho comprato tutto, anche le pesche noci, e sto per tornare a casa quando noto, a un banco in lontananza, una piccola e indaffarata creatura con i ricci. Irene. E cosa ci fa al mercato a quest'ora? Mi avvicino di soppiatto e vedo che sta riempiendo un cestino di verdure.

«Ti metti a dieta?» le sibilo alle spalle facendole fare un balzo di mezzo metro.

«Ah! che spavento!»

«Dove sei sparita, serpentilla? Aspettavo una tua telefonata domenica sera, per sapere com'era andato il weekend spirituale...»

«Eh... ho fatto tardi».

«Allora? Cos'hai deciso?»

«Ancora niente. È una situazione un po' confusa... ancora più confusa... senti, adesso non ho tempo, devo portare a casa le verdure e correre da un cliente. Ci sentiamo poi. Ah, invece, cosa importante» si rianima, tutta contenta di avere un argomento buono per svicolare, «ieri sera mi ha chiamata Bibi!»

«E dov'è? Torna? Come sta?»

«Sta bene, è sempre a Perth e non torna. Dice che fra pochi giorni debutta il suo spettacolo, Bruno è meraviglioso, ci manderà delle fotografie, sia di Bruno che dello spettacolo, e soprattutto mi ha detto di dire a tutte voi che il Destino sceglie i suoi sentieri seguendo una Mappa a lui soltanto nota».

«Oddio. Ha detto così?»

«Parola per parola. È arrivata a questa conclusione perché ha scoperto che Bruno è di Cossato».

Taccio, colpita. Se Bruno è di Cossato, il destino l'ha presa veramente alla larga. Perché Cossato è un paese grande, o piccolissima città, a pochi chilometri da qui. Tutti gli abitanti della nostra città conoscono qualcuno di Cossato. Tranne Bibi, che l'ha incontrato a Vancouver. Tutto questo significa qualcosa, ma se comincio a chiedermi cosa, faccio tardi in negozio.

«Ne parliamo giovedì sera, va bene? Te lo ricordi che giovedì sera siamo a cena da te?»

«Sì sì». Entusiasmo: -3.

«Irene, che succede? Sei strana».

«È la nausea» borbotta lei, e scappa verso casa, a venti metri dal mercato.

ORE 22.30. CASA MIA

«Pensavo» dice Lorenzo accarezzandomi pigramente uno zigomo, «che sarebbe ora di fare qualche progetto per le vacanze».

La cena è andata via liscia come l'olio. Ha mangiato tutto, ha lodato, ha portato il gelato (fiordilatte di Miretti, il più buono della città), ma si vede che è distratto. Ha qualcosa per la testa. Quando cita le vacanze, mi va quasi di traverso il caffè per il sollievo. Pensavo che stesse per confessarmi di avere una moglie a Londra. Cosa volete, certe cose lasciano il segno.

«Per me va benissimo, ma credevo che non potessi farne, quest'anno, col fatto che apri il ristorante a settembre».

«Posso farne poche. Diciamo la settimana di ferragosto. Voi per quanto chiudete?»

«Un mese intero. Sai come sono i negozi chic. Se la prendono comoda».

«Bene, allora una settimana andiamo in vacanza, e le altre tre ci sposiamo».

«Ci sposiamo?»

Per un attimo, mi sembra una parola senza significato, come se avesse detto 'ci granbecio'. Non so. *Sposiamo?*

«Sì, ci sposiamo. Dai. Ormai ho deciso».

«Ma se ci conosciamo solo da... boh... tre mesi?»

«Che c'entra. Se uno si deve sposare, si sposa. Senza tante storie. E poi si vede come va. Mi sembra che la nostra sia una classica situazione che conduce al matrimonio. Io ti amo tanto, amo solo te, le altre non mi interessano, sei la persona che mi piace di più al mondo e vorrei stare con te il più a lungo possibile fino a eventualmente per sempre. E tu?»

Gli rispondo, a lungo e con calma, e tra una cosa e l'altra la risposta porta via più di un'ora. Alla fine, però, la questione principale è ancora in sospeso.

«Scusa, ma perché dobbiamo proprio sposarci? Se vuoi, viviamo insieme. Porti le tue cose qui, e vediamo come va».

«Sì... magari le mettiamo nel cassettone rosso, eh?»

Quest'uomo è geloso.

«Se vuoi lo brucio» butto lì, sperando che mi dica 'no, figurati'.

«Vedremo. Ma non voglio vivere insieme. Preferirei fare qualcosa di leggermente più rischioso. Sposiamoci. Facciamo tutto il percorso misterioso: le carte, i testimoni, la mattina delle nozze, l'assessore. Non è che preferiresti sposarti in chiesa?»

«Ma no! Non so neanche se voglio...»

«Allora è deciso: municipio. Però tutta vestita bella da sposa. Così puoi metterti addosso la cosa nuova e la cosa vecchia, la cosa prestata e la cosa blu».

«Sei informatissimo!»

«Mia sorella si è sposata. E anche mio fratello. So tutto. Mio fratello si è sposato nel municipio di un paesino, a Baldissero, e gli hanno dato anche il gagliardetto, tutto rosso e oro. Non ti piacerebbe, un gagliardetto da appendere sopra la casa di Barbie?»

«Lorenzo, i tuoi non mi sembrano motivi seri per un passo tanto...»

«Non dire 'importante', eh? Non dire mai quella frase 'passo importante'. Non la voglio sentire mai uscire dalla tua bocca. Certo che non sono motivi seri. Non ci si può sposare per motivi seri, dai!»

Su questo sono assolutamente d'accordo con lui.

«E per cosa, ci si può sposare?»

«Per sconsiderato amore».

Allora sì, non posso far altro che dirgli di sì.

Però lo convinco a spostare le nozze a settembre: detesto il mese di agosto, e per le nozze voglio una coroncina di more.

«Molto bene. Così abbiamo il tempo di sistemare bene la casa» accetta lui.

«Non è che ci sia molto da sistemare...»

«Non ho nessuna intenzione di vivere qui, amore mio. Questo posto è carino, ma infestato da brutte presenze. E poi è piccolo. A noi serve una casa grande».

«Tipo?»

«Tipo quella di tua cugina Sofia».

«Eh già, bravo».

«Ed è per questo che l'ho comprata per noi. Veramente l'ha comprata la società, e io la affitto dai soci, ma siccome sono il socio di maggioranza, in pratica è mia. È un modo per pagare meno tasse. Costanza? Non fare così, per piacere. Respira subito».

ORE 21.00. CASA DI IRENE

«...e tu non mi hai detto niente!» strillo contro Sofia che sta decorando il finto pesce.

«Io non sapevo niente! Te l'ho detto, che stavo trattando con una ditta. Ho sempre parlato con una segretaria, e poi da un certo punto in avanti se ne è occupato direttamente Amedeo. Mica potevo immaginare che la Monkberry Food Delight era il tuo fidanzato...»

«Lo dovevi capire dalla parola 'Food'! Se tu avessi studiato l'inglese...»

«Lo so, cosa vuol dire food... vuol dire piede... cosa c'entra con...»

«Smettetela subito» interviene Irene, «se non volete che mia madre piombi qui a vedere se ci stiamo sgozzando».

In effetti, abbiamo tutte le finestre aperte, e dopo tre decimi di secondo sentiamo suonare alla porta e la zia Margherita fa la sua comparsa, tenendo Oliviero per mano e un vassoio di riso al pomodoro e basilico nell'altra.

«Vi ho portato il riso... ah, che bello, vedere qui tutte le mie gioie!»

Le sue gioie ringraziano e baciano la più gentile fra le zie, e cerchiamo anche di consolare Oliviero, che non si capacita di non poter partecipare a una Cena delle Cugine.

«Sono anch'io un cugino» afferma desolato.

«Giusto» gli dice Veronica, «e quindi non sei una cugina».

«Se fossi una bambina, potrei restare?»

Irene rabbrividisce, e già si immagina suo figlio transessuale per la frustrazione di non aver potuto partecipare alle Cene delle Cugine.

«No. Assolutamente no. Lo vedi che non ci sono neanche Miranda e Betta».

«Ti piacerebbe avere una sorellina, Oli?» gli chiedo, tanto Irene è al lavandino e non può farmi niente.

«Neanche per sogno» è la serena risposta.

Nonna e nipotino vengono estromessi, non prima che la zia si sia informata su chi era che strillava prima e perché.

Appena esce, riprendo a strillare, anche se più a bassa voce.

«E così adesso è per colpa mia, che sei stata spogliata della tua casa e ti ritrovi in mezzo a una strada. Mi sento peggio di Crudelia De Mon, peggio di Grimilde, peggio...»

«Piantala». Sofia posa i capperi e alza la mano in un gesto ieratico che interrompe il mio elenco delle cattive di Walt Disney. «Non so più come farti capire che a me di quella casa importa meno di niente. La mia casa è altrove».

«Sì, altrove... e se decidi di tornare?»

«Che ne so. Andrò in albergo».

«E Rebecca?»

«Mia madre le ha preparato una camera principesca in casa sua».

«Sì, ma stare coi nonni a diciannove anni...»

Veronica ride: «Per quello che 'sta' Rebecca, che importanza ha? Ovunque abiti, è sempre fuori».

Ed è in questo preciso momento che nella mia mente prende forma un progetto fantastico. L'ultimo piano della casa di Sofia, una grande mansarda finora usata come deposito di qualsiasi cosa, diventerà un appartamentino autonomo a disposizione di Rebecca, ed eventualmente di Sofia, se dovesse riemergere dal buddhismo. Ho finalmente trovato un modo sensato di spendere dieci anni di risparmi. Il mio umore migliora sensibilmente.

«Va bene, per adesso restiamo così. Se davvero sposerò Lorenzo e andrò a vivere lì, nella camera dove Amedeo teneva l'autopista voglio fare il mondo di Barbie... ci metto la casetta, e me ne compro delle altre. E voglio anche un enorme piccolo armadio con tutti i vestiti di Barbie, e la Carrozza di Barbie, e il Super...»

Veronica mi dà una leggera mestolata in testa, e tutte insieme mi avvertono che se non sposo Lorenzo mi inseguiranno con una sega elettrica fino a Perth, per farmi a pezzi davanti a Bibi. Questo devia il corso dei miei pensieri.

«Ce ne vorrà prima che facciamo un'altra Cena delle Cugine come si deve» dico tristemente. «Sofia parte, e ormai restiamo solo in tre».

«Una sera quest'estate venite a cena all'ashram» propone Sofia. «Dai... magari vi femate una settimana a meditare».

«Io ne avrei bisogno» sospira Irene.

E così veniamo al punto. Irene da quando è tornata dal weekend spirituale si comporta come l'eroina di un racconto dell'orrore dell'Ottocento, di quelle che dicono e non dicono, fanno capire misteriosamente, nascondono lasciando intuire eccetera finché, e se lo sono veramente meritate, l'orribile creatura che striscia nella notte se le divora lasciando solo lo spillone d'ambra della treccia. Ma con noi non attacca. Adesso le tiriamo fuori tutto. Ci sediamo a tavola nella grande cucina di Irene, osserviamo con lieta anticipazione il finto pesce (tonno, patate, acciughe, maionese e capperi) e la accerchiamo.

«Allora, Irene, si può sapere cosa hai deciso di fare riguardo al padre di...»

«Perla. Ho poi deciso di chiamarla Perla».

Prima che qualcuna possa intervenire proponendo Corallina, Irene continua.

«La verità è che la situazione adesso è ancora più complicata di prima. Durante il mio weekend spirituale a Oropa è... è successa una cosa assolutamente imprevedibile».

«Ti fai suora!» gemo, disperata. Si vede che la Madonna Nera le ha detto qualcosa, e adesso vuole chiudersi in un monastero. La religione ci sta decimando!

«No. Mi sono innamorata».

«Di un prete?» sbianca Veronica.

«No. Di un art director».

«E che cos'è?» chiede Sofia.

«Sai... quelli delle pubblicità... c'è il copy e c'è l'art director. Lui è il titolare dell'agenzia Proposte».

Lo dice come se tutte dovessimo fare: 'Aaaaaahhh! La Propooosteee!' Invece il commento più diffuso è:

«A Oropa? E che ci faceva un tizio della pubblicità a Oropa? Il week end spirituale anche lui?»

«No. Era lì per una campagna pubblicitaria. Dovevano fotografare la Madonna. Lo slogan dice: 'Non andare in giro conciata come la Madonna di Oropa. Gioielli di classe. Gioielli con stile. Gioielli primo aprile'».

«Che cretinata».

«È una ditta di gioielli di Valenza Po, si chiamano così perché il loro marchio è un pesciolino d'oro. Pensa quando si dice il destino, ogni tanto lavoro per loro. Ad esempio, vi ricordate quel braccialetto con i lapislazzuli che ho disegnato nel...»

La conversazione ci sta sfuggendo di mano. Sento che Sofia sta per dire qualcosa di zen sul pesciolino d'oro. Meglio intervenire.

«Non è il momento, Irene. Lascia perdere i braccialetti e dicci di chi ti sei innamorata e soprattutto perché».

«Ah, perché non lo so proprio. Roba così non mi succedeva dai tempi di Andrea, ma è molto peggio, perché da quando sono stata con Gianni, Andrea non mi sembra neanche un uomo. Mi sembra un disegno in bianco e nero».

Noi tre ci guardiamo con silenziosa soddisfazione. Dopo 'bye bye Alex', finalmente anche 'bye bye Andrea'.

«Parlaci di lui» la incoraggiamo. Io, però, devo porre la domanda cruciale:

«È sposato?»

«No. Aveva una specie di ragazza saltuaria ma l'ha piantata subito, lunedì mattina».

La storia è che lei e questo Gianni si sono incontrati venerdì sera, appena arrivati, nel negozio dei souvenir, tutti e due ben decisi a comprare l'ultimo rosario di vetro rosso, per le rispettive mamme. Dopo tutta una serie di cavallereschi prendilo tu, ma no prendilo tu (alla fine comunque l'ha preso Irene) erano andati a cena insieme, e l'amore era scoppiato con tale fulminea intensità che i due giorni del weekend spirituale li avevano trascorsi a letto, ma...

«Ma...» Irene ci fissa con estrema severità, «ma non è una storia di sesso. Lo amo davvero. Però c'è un problema».

«Certo che c'è. Lo sappiamo».

«Allora diciamo che ce ne sono due».

Irene va di là e dopo un attimo torna con una piletta di Polaroid: ecco lei davanti alla Basilica. Gianni davanti alla Basilica. Lei seduta sulla pietra della fertilità (tanto, ormai). Gianni accanto alla cappelletta, ecc. ecc. Gianni è bello, ha una corta barbetta e lunghi capelli neri legati sulla nuca, e avrà al massimo trent'anni.

«Ventinove» sospira Irene, e ci guarda.

Tutte quante sappiamo perfettamente che Irene ha trentasette anni, compiuti in novembre. I prossimi sono trentotto. La mia stessa età. Quindi, neanche Gianni è perfetto.

ORE 22.45. CASA DI IRENE

Alla fine, è prevalsa la linea di pensiero secondo cui l'età di Gianni è un guaio minore rispetto alla gravidanza di Irene. È un problema piccolo, che per diventare un problema grosso ha bisogno di circostanze altamente improbabili, e cioè che Irene e Gianni siano ancora insieme fra dieci anni. In quanto a Perla, Gianni si è dichiarato interessato al fenomeno della nascita, e non sembra che la consideri un ostacolo a una bella storia d'amore. Irene gli ha mostrato la cupola della Basilica, sottolineando il fatto che tra qualche mese lei e quell'elemento architettonico saranno praticamente indistinguibili, e Gianni le ha risposto che tanto è troppo magra, e che dopo il parto le impedirà di riperdere tutti i chili. Quindi forse, tutto sommato, è perfetto.

«Insomma, alla fine, hai deciso di fare come dicevamo noi, e cioè chiudere con tutti e due e cavartela da sola» riassume Veronica.

«Per forza» Irene appare sinceramente dispiaciuta per questa ventata di sentimenti umani che hanno travolto la sua vita. «Non posso far altro. Pensate al casino che pianteranno in famiglia...»

Alzo le spalle.

«Povere mamme e zie, ormai ne hanno viste talmente tante che secondo me non hanno più nemmeno la forza di fare fuoco e fiamme: separazioni, vite vissute nel peccato, buddhismo, figlie disperse in Australia... in fondo, una nuova bambina, sia pure senza padre, sarà un piacevole diversivo. Potranno preparare copertine, golfini rosa, cuffiette...»

Decidiamo di attenerci a questa visione ottimista, anche perché Sofia ha nella manica un asso destinato a metter a tacere eventuali zie ribelli. Più che nella manica, ce l'ha nella borsa. Tira fuori un cartoncino bianco e annuncia:

«Se una qualsiasi delle nostre mamme dovesse fare troppe storie per il bambino di Irene o altre situazioni irregolari in famiglia, basterà farle leggere questo. Si renderanno conto di che razza di uomo avevo sposato, e diventeranno tutte accanite sostenitrici del divorzio».

«Che cos'è?» Cerchiamo di sbirciare, ma lei tiene il cartoncino ben coperto.

«È un annuncio di separazione che quel tesoro di Amedeo ha mandato ai suoi più intimi amici. Uno dei quali ha pensato bene di farmelo avere. Siete pronte?»

Sofia si alza, e ritrovando momentaneamente l'antico timbro di contralto, declama:

'PARTECIPAZIONE

Il penultimo giovedì di luglio un giudice ha sancito la mia separazione da Sofia. Un fatto puramente formale che tuttavia ritengo significativo.

Considero quindi quella del 21 luglio come una tappa importante nel miglioramento della mia vita.

Ringrazio tutte le persone che hanno partecipato alla mia sofferenza e al lungo processo che mi ha condotto a liberarmi'.

«Segue firma e data» Sofia ci guarda. «Voi capirete che l'unica risposta possibile è il buddhismo».

Per una volta, siamo disposte a darle ragione.

«Ma è possibile» le chiedo, «che tu sia stata sposata vent'anni con un uomo megalomane e paranoico e non te ne sia mai accorta?»

«Ma figurati...» Irene ci offre un assaggio del suo ritrovato cinismo. «Quello era normalissimo finché non ha trovato la culona bionda. Sono gli ormoni tardivi che danno alla testa».

«E Rebecca? Cosa farà con un padre così?»

«Lo ignorerà, immagino».

Sospiriamo. Per fortuna, resta ancora un bel pezzo di meringata. Sofia tira via un ricciolo di panna con un dito e chiosa.

«Meno male che c'è Veronica... l'unica consolazione delle nostre povere mamme».

«A parte la figlia dei drogati...» ride Veronica.

«Quando partite per la Scozia, voi due piccioncini?» le chiedo.

«Noi sette piccioncini. Purtroppo i nostri progetti hanno subito un leggero cambiamento. Ci portiamo dietro i bambini».

«Noooo!» urliamo tutte in coro. «Non doveva essere una seconda luna di miele? Non dovevate lasciarli alle nonne?»

«Eugenio, e sottolineo Eugenio, ha paura che per Maria possa essere un nuovo trauma. Sai, lei le nonne le ha viste pochissimo. In un primo momento pensavamo di portare soltanto lei, ma Pietro è andato in paranoia, e se portiamo lei e Pietro, Betta si sentirà abbandonata. Così abbiamo deciso di portare i tre più piccoli, e a questo punto tanto vale portare anche i due più grandi, almeno ci danno una mano».

«Spaventoso» sussurro. «Altro che viaggio romantico. Come ci andate?»

«Aereo fino a Glasgow, poi camper».

«Tra l'altro, vi costerà una fortuna...»

«Sì... ma possiamo permettercelo perché adesso guadagno anch'io. Ho un lavoro!»

Così è la vita: capitano delle serate di luglio in cui l'influsso delle meteoriti sulle vicende umane spinge le novità a rincorrersi tutte insieme in un metro quadrato di spazio. Veronica non ha mai lavorato un giorno in vita sua, a parte ronzare attorno alla famiglia.

«E cosa fai?»

«Indovinate» ridacchiando, si stacca un tocco di meringata.

Ci concentriamo.

«Vendi prodotti in casa, tipo Witt o Tupperwäre» dice Irene.

«Fai i tarocchi a pagamento» lancia Sofia.

«Hai messo su un catering» è la mia supposizione, e sono assolutamente sicura di aver vinto.

«Sbagliato, tutte e tre. Scrivo Harmony. Te lo volevo dire l'altra sera a casa mia, Costanza, poi è arrivato Pietro urlando...»

«Scrivi Harmony? *Gli* Harmony? I romanzi?» Sofia, nella sua fase pre-buddhista, ogni tanto se ne leggeva sei o sette di fila, fino a nausearsi, e poi tornava a Proust.

«Sì, quelli. Quando è successo tutto questo pasticcio con Eugenio e la bambina, mi sono detta che se mi fossi separata sarei stata veramente nei guai, senza uno straccio di lavoro, così ho cominciato a pensare a cosa avrei potuto fare. Mi è venuto in mente che me l'ero cavata così bene con quella lettera per il *Venerdì*, e poi io ho sempre scritto un po', così per conto mio...»

«Poesie?» le chiedo, speranzosa.

«No. Racconti dell'orrore».

«Ah».

«Però non vuol dire. Diciamo che ho un po' di abitudine, a scrivere. E così ho pensato a Evelina».

Evelina è un'amica di Veronica che lavora a *Grazia*, e a sua volta Evelina ha un'amica redattrice degli Harmony. Così, di amica in amica, Veronica ha steso una scaletta per un romanzo, ha buttato giù il primo capitolo, e li ha mandati alla casa editrice. Sono piaciuti, le hanno fatto un contratto, e d'ora in avanti sarà una delle autrici della collana Destiny, quella in cui le separate o vedove incontrano il secondo amore.

«Ma non puoi! Trattare divorziate è contrario alle tue convinzioni religiose!»

«Non importa. Don Vittorio ha detto che posso, se è per garantire una sicurezza ai miei figli».

«E c'è un'altra cosa» Irene ha perso la sua leggera patina di umanità, e sembra di nuovo la Regina delle Fate subito prima di incenerire un Troll. «Guai a te se provi a raccontare le nostre storie».

«Tranquille. Al massimo mi ispirerò molto alla lontana. Quello che sto scrivendo adesso, si intitola *Volée d'amore*, ed è la storia di una vedova che si innamora del maestro di tennis di sua figlia».

«Mmmmm» faccio, e non aggiungo altro.

«Naturalmente si svolge a San Diego. Gli Harmony sono tutti americani. E anche le autrici sono tutte americane. Perciò dovete aiutarmi a trovare uno pseudonimo».

Incredibile: l'ultima Cena delle Cugine per chissà quanto trova il suo momento culminante e insieme conclusivo in questa attività di suprema gratificazione: trovare uno pseudonimo per Veronica. Ci versiamo il Porto, ci trasferiamo sul bel terrazzo di Irene, e cominciamo.

«Eirin Beautifley».
«Sharleen McCorrelough!»
«Vasta Vassar».
«Lori Lemaris, come la sirena di Nembo Kid!»
«Emma Karenina!»
«No, allora meglio Anna Bovary. Anzi, Annie Bovary».
«E se facessimo Juliet Montague, come quella di Shakespeare?»

«O Polythene Pam, come quella dei Beatles?»
«E che ne dite di Holly Christmas?»
«Sei scema?»
«Allora Claire... aspetta... Claire...»
«Delune!» strilla entusiasta Irene.

È fatta. Non so perché, ma Claire Delune ci conquista definitivamente. Ne diciamo altri cinque o seicento, per sicurezza, ma alla fine torniamo sempre lì, alla crepuscolare perfezione di Claire Delune.

E la luna è lassù, alla destra della magnolia. Uno spicchio piccolo ma succoso, color fragola. Stiamo tutte e quattro zitte, una specie di miracolo, ci sentiamo in pace, e piene di aspettative per il futuro. Magari aspettative preoccupate, ma comunque aspettative. È un momento cremoso e purpureo che ci placa. E in questo momento cremoso e purpureo che ci placa, suona il telefono. A quest'ora? Sarà Gianni. Irene ci guarda furtiva e risponde al cordless. Noi non ci muoviamo. Se son segreti, se ne vada lei. Ma lei ascolta per un po' senza parlare, poi scosta il telefono e ci guarda a occhi sgranati.

«È Rebecca. Ha appena ricevuto una e-mail: vi risulta che Bibi abbia una gemella in Messico?»

**Visita il sito internet
della TEA
www.tealibri.it
potrai:**

SCOPRIRE SUBITO LE NOVITÀ DEI TUOI AUTORI
E DEI TUOI GENERI PREFERITI

ESPLORARE IL CATALOGO ON LINE
TROVANDO DESCRIZIONI COMPLETE
PER OGNI TITOLO

FARE RICERCHE NEL CATALOGO
PER ARGOMENTO, GENERE,
AMBIENTAZIONE, PERSONAGGI...
E TROVARE IL LIBRO CHE FA PER TE

CONOSCERE I TUOI PROSSIMI
AUTORI PREFERITI

VOTARE I LIBRI CHE TI SONO PIACIUTI DI PIÙ

SEGNALARE AGLI AMICI I LIBRI
CHE TI HANNO COLPITO

E MOLTO ALTRO ANCORA...

**Vieni a scoprire il catalogo TEA su
www.tealibri.it**

❀TEA❀

Ti è piaciuto questo libro?
Vuoi conoscere altri lettori con cui parlarne?
Visita

InfiniteStorie.it
Il portale del romanzo

Su InfiniteStorie.it potrai:
- trovare le ultime novità dal mondo della narrativa
- consultare il database del romanzo
- incontrare i tuoi autori preferiti
- cercare tra le 700 più importanti librerie italiane quella più adatta alle tue esigenze

www.InfiniteStorie.it

UNA STORIA DI DONNE INSOLITE E DIVERTENTI

STEFANIA BERTOLA
BISCOTTI E SOSPETTI

Violetta, commessa, e sua sorella Caterina, sarta e minuscola imprenditrice in proprio, non sono forse le inquiline ideali per un appartamento ricavato in un'elegante villa in collina. D'altra parte, nemmeno gli altri abitanti sono del tutto irreprensibili. Rebecca è una madre separata alle prese con tre bambine, mirmecologi fedifraghi e pastori metodisti killer; Mattia è un *interior designer* ricercatissimo per il suo pessimo gusto e il suo fisico prestante; Emanuele è appena arrivato da Calcutta con una moglie che sembra intenzionata a rovinargli la vita... Dal connubio tra le nuove residenti e i vecchi inquilini nasceranno amori, naturalmente, ma anche incidenti, equivoci, scontri, travestimenti... come nell'effervescente, trascinante e scatenato musical della nostra vita di tutti i giorni.

TEA

STEFANIA BERTOLA
ASPIRAPOLVERE DI STELLE

Ginevra, Arianna e Penelope sono tre amiche che si sono messe in società per aprire un'agenzia di servizi domestici; sono le Fate Veloci, sempre pronte per risistemare un terrazzo devastato, per allestire un buffet etnico all'ultimo minuto, per risolvere un «ritorno moglie» (ovvero: come rendere presentabile la casa di un commercialista che ha giocato allo scapolo per una settimana). Tre caratteri tutti diversi ma precisa divisione dei compiti, grandi abilità, organizzazione perfetta e l'agenzia fila col vento in poppa. Tutto bene finché, una mattina che *sembra* come tutte le altre, squilla il telefono e la voce suadente di uno sconosciuto propone un lavoro piuttosto insolito. Comincia così per le tre Fate un periodo frenetico di novità, sorprese, incontri, ritorni, scoperte, rincorse, amori...

> «Una nuova esilarante avventura
> delle sue irrequiete trentenni.»
> **Bruno Gambarotta**, TTL – LA STAMPA

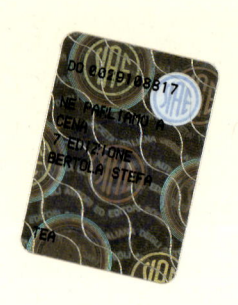

Finito di stampare
nel mese di marzo 2008
per conto della TEA S.p.A.
dalla Grafica Veneta S p A
di Trebaseleghe (PD)
Printed in Italy

TEADUE
Periodico settimanale del 6.11.2002
Direttore responsabile: Stefano Mauri
Registrazione del Tribunale di Milano n. 565 del 10.7.1989